OLAVO BILAC E PARDAL MALLET

O ESQUELETO

MISTÉRIO NA CASA DE BRAGANÇA

Coleção
GRANDES CLÁSSICOS DA LÍNGUA PORTUGUESA
VOLUME 24

BRASILIARIS

Editor-chefe:
Tomaz Adour

Capa:
Spirit

Revisão:
Equipe Vermelho Marinho

Diagramação:
Marcelo Amado

Texto revisado segundo o novo Acordo Ortográfico da Língua Portuguesa.

Dados Internacionais de Catalogação na Publicação (CIP)
Fabio Osmar de Oliveira Maciel – CRB-7 6284

B595e

Bilac, Olavo, 1865-1918
O esqueleto: mistério na casa de Bragança / Olavo Bilac. – 1. ed. – Rio de Janeiro : Brasiliaris, 2023.
78 p. ; 21 cm. – (Grandes clássicos da língua portuguesa ; v. 24).

ISBN 978-85-8265-278-7

1. Romance brasileiro. I. Título.

689-076-23 CDD : 869.93

Índice para catálogo sistemático:
1. Romance : Literatura brasileira 869.93

EDITORA VERMELHO MARINHO USINA DE LETRAS LTDA
Rio de Janeiro — Departamento Editorial:
Avenida Gilka Machado, 315 — bloco 2 — casa 6
Recreio dos Bandeirantes — Rio de Janeiro — RJ
CEP: 22795-570

VERMELHO MARINHO
www.editoravermelhomarinho.com.br

SUMÁRIO

APRESENTAÇÃO

O selo Brasiliaris é uma iniciativa da Editora Vermelho Marinho com a Spirit, que tem como objetivo resgatar todas as obras clássicas da literatura brasileira que estejam em domínio público. Independente do autor ou da época em que escreveu, a coleção pretende publicar todas as obras de todos os autores que estejam disponíveis para publicação ou digitalização.

É um trabalho de longo prazo, pois citando apenas alguns autores muito conhecidos, como Machado de Assis, José de Alencar e Joaquim Manuel de Macedo, descobrimos que eles têm uma obra muito extensa, incluindo romances, contos, novelas, poemas e textos teatrais, fora artigos em ensaios. E muitas dessas obras não se encontravam mais no mercado. Até agora.

Tomaz Adour, o editor da coleção, já vem fazendo este trabalho de resgate há mais de 10 anos, conseguindo trazer de volta ao mercado autores do porte de uma Júlia Lopes de Almeida, A. G. Teixeira e Souza, Paulo Setúbal, Coelho Neto, Francisca Júlia, Bruno Seabra, Carmen Dolores, Martins Pena, João do Rio, Coelho Neto, Chrysanthème, entre tantos outros que lançou na Coleção Grandes Clássicos.

Com o apoio da Spirit e sua experiência em design aliada à sua paixão pelos livros, estes e outros autores irão ganhar roupagem nova, com edições especiais com orelhas, edições especiais em capa dura, além de ebooks a preços acessíveis para todos os leitores.

Este projeto ambicioso é uma forma de levar ao público tudo de bom que foi produzido em nossa literatura, permitindo que os leitores tenham acesso não apenas às obras mais famosas dos principais autores, mas também a obras que estão fora do mercado há décadas ou mesmo séculos. Com isso, um leitor que se apaixonar por um livro de um autor poderá conhecer toda a sua obra.

É um trabalho de garimpagem. Temos mais de 10.000 obras a serem publicadas e estamos atrás de obras perdidas, esquecidas ou que possuem poucas cópias em bibliotecas ou coleções particulares. Por isso, todo apoio é bem-vindo. Cada leitor ou amante de livros que deseje sugerir ou indicar uma obra receberá os créditos e será um colaborador da coleção. Acreditamos que, desta forma, obras perdidas ou com cópias desgastadas poderão ser resgatadas, desde que haja um colecionador ou uma biblioteca que a possua. Se quiser colaborar, basta nos escrever.

Que os leitores possam descobrir cada vez mais as obras de uma das literaturas mais importantes do mundo!

CAPÍTULO 1

A NOITE NA TAVERNA

Era por uma triste noite chuvosa, dessas que faz bem gozar quando a gente está em casa. Lá fora, na rua do Piolho, a chuva argamassava a lama ao ritmo plangente de uma melopeia de cativo. E o vento vinha por ela assoviando, como por um funil, para desembocar imprecativamente no campo da Alampadosa. Dentro, na célebre tasca do Trancoso, a luz tremia vagarosamente nos grandes candeeiros de azeite de peixe. Dava um lúgubre aspecto aquele antro de terra batida para chão, e de paredes escalavradas onde a gaiatice dos fregueses gostava de pintar obscenidades e onde se fazia a carvão a conta complicada dos pichéis.

Fantástico, por detrás do balcão envernizado como um cabo de enxada, o Trancoso erguia o busto na plenitude atlética de seu tórax. Era a grande cabeça barbuda e gadanhenta e, por debaixo da blusa felpuda de vasconço, o peito largo e forte a oscilar numa tempestade de respirações troando muitas vezes o grito estentórico dos apelativos brutais. E, para além na vastidão escura do aposento, por meio dos altos e bojudos tonéis cheios de cartaxo e de aguardente de cana, estavam as pequenas mesas de pau carunchoso, rodeadas de mochos baixos em rodelas de madeira sobre três espeques.

Naquela hora treda da noite, retardavam-se entretanto os fregueses a pretexto de que vinham cansados da procissão ao outeiro da Glória, e de que a chuva vergastava lá fora a quem tinha a audácia de sair. O Trancoso amuava-se, posto que lhe fossem emborcando as bebidas e o cobre lhe caísse pela gaveta adentro com um grande retinir metálico de chocalhar de guizos.

Já fora para ele o tempo dos primeiros açodamentos em juntar os patacões. As moedas de ouro contavam-se aos centos na velha arca escondida debaixo do nauseabundo catre onde dormia. Muito criança ainda, viera de além-mares para essas terras do Brasil, onde o ouro boiava à tona das enxurradas. E, em vez das longas empresas viajantes pelo sertão adentro, preferira o sossego das bodegas onde o dinheiro vinha ter pela lógica fatal das bebedeiras. Agora, diziam-no rico, senhor de bastantes haveres e traficante até das galeras que iam buscar o negro ao vasto deserto branco das plagas africanas.

Enriquecera principalmente depois da chegada de d. João VI, quando a real comitiva de fidalgos se derramara pela velha cidade de Mem de Sá, com uma enorme praga de orgias e depredações. Fazia-se modesto, rindo com bom sorriso galhofeiro, quando alguém alevantava o valor de suas fazendas. Dizia que não! Que mais luzia do que havia!

Mas não andava disposto para as longas vigílias da taverna no serviço de borrachos retardados. E, naquela noite, já por três vezes tentara despedir a freguesia. Os fregueses bebiam, monossílabos raros e sonolentos ouviam-se apenas de espaço a espaço. E o barulho contínuo da água, regular e metódico na tristeza da noite.

O Trancoso principiava a cochilar quando a porta se abriu de repente: uma lufada sacudiu violentamente os velhos candeeiros, que rangeram nas correntes de ferro. E leve, rápido como o vento que o trouxera, d. Álvaro Bias saltou no meio da sala, gotejante como uma biqueira de telhado.

Saltou, parou e mirou-se. No chão, em roda dos sapatos puídos de d. Bias, formou-se logo uma poça d'água. D. Bias, magro e esgalgado, no velho gibão de veludo sem pelo, parecia um guarda-chuva fechado, depois de um aguaceiro formidável.

D. Bias, fidalgo espanhol da mais pura linhagem, perseguido pelos credores e pelos alguazis em todas as bodegas das margens dos Mansanares, pulou um dia a fronteira e foi tentar a vida em Portugal. Não houve serão de convento que não procurasse — em vão! — saciar-lhe a fome secular: o primeiro avô conhecido de d. Bias era tenente de Cid Campeador, e entrava em combate com um alforje às costas, carregado de *olla podrida.* A família de d. Bias não era uma família: era a árvore genealógica da fome.

Em Portugal, d. Bias comeu, d. Bias bebeu. Com esses predicados, ganhou as boas graças de d. João VI, que em 1808 o trouxe com sua corte para o Brasil.

Este D. Bias, segundo reza a crônica, logo que chegou de Lisboa, foi morar na rua do Lavradio, na casa hoje no 40, pertencente a Antônio José Viana, à razão de 8$ por mês, cujo aluguel nunca pagou. E tais tratantices fez, combinado com o desembargador — ouvidor Francisco Alves de Andrade, que se ficou com o prédio e terrenos.

O mesmo praticou com o carpinteiro Custódio Pinto de Oliveira, que lhe não querendo vender dois lotes de terrenos contíguos e que fazem face com a rua, de acordo com a mulher deste Custódio, formou-lhe culpa de mancebia e meteu-o na cadeia em princípio do ano de 1811. D. Bias se ficou com a mulher e a filha de Custódio, e na posse dos bens deste depois do desquite.

Custódio, sem sua mulher e filha, e seus bens, foi viver do jornal que lhe dava o célebre escultor Ângelo Pallingrini, por alcunha o Satanás.

O Trancoso rosnou uma praga, quando o fidalgo lhe apareceu. Mas d. Bias enganchou-se num banco. E, uma vez servido, pôs-se a beber fidalgamente a sua zurrapa, levantando os braços para não emporcalhar na mesa os seus manguitos sujos. A sala recaiu no silêncio. A água continuou a bater, os fregueses continuaram a beber; o Trancoso continuou a cochilar, e d. Bias, esgotado o pichel, cravou dois olhos compridos e sôfregos no gordo chouriço que fulgurava no balcão.

— Traga outra medida — gritou a voz avinhada de um sujeitinho baixo e gordo, tão baixo que tinha as pernas a oscilar dependuradas do mocho, e tão gordo que parecia um tonel cuidadosamente suspenso do chão para não se estragar com a umidade.

O Trancoso remexeu os ombros num esgar sonolento de desprezo.

— Melhor fariam vocês todos em limpar-me a casa de suas borracheiras! — disse. E, depois de uma pausa, acrescentou: — Demais, por estas horas tardias da noite, eu não vendo mais fiado! Ponham dinheiro no balcão se querem a boa da pinga! Súcia de malandros que a polícia d'el-rei bem devia vir buscar para uma dormida na rua da Vala!

Um belo movimento de solidariedade fez-se então entre toda aquela gente que o Trancoso assim maltratava com o desplante dos homens fortes e enriquecidos pela canalha miúda dos pobretões de gibão esburacado.

E o Carniça — um mulato esguio e de maus bofes, que vivia de sovar os negros nas casas de família — saiu à frente das reclamações.

— Que assim não se tratava à gente séria! — gritou, esmurrando a mesa onde as garrafas e os copos dançaram.

— Ninguém se teme da polícia d'el-rei! — fez d. Bias, fanfarrão, saltando para o meio da bodega com a mão nos copos da espada e um largo gesto arrogante.

— Qual el-rei, nem pêra el-rei! — vociferou o Carniça, pondo-se também de pé, muito avinhado e bêbado. — Nós aqui já estamos fartos de aturar toda essa corja portuguesa! Eu cá não faço mistério para gritar: Viva o príncipe regente!

E gritou, com efeito, o grito revolucionário daquele tempo, num grande berreiro forte de convicção popular.

Os outros entreolharam-se, já desarmonizados em pensamento. A questão deslocara-se. Já não era a rusga de uns fregueses retardatários contra um dono de taverna que queria fechar a casa e não fiava mais. À luz baça e fedorenta dos candeeiros que rangiam nas correntes, ofegava agora o hálito quente das revoluções.

— Qual d. Pedro! Mandam as cortes. E ele há de partir para abater a cerviz de vocês outros, canalhas de brasileiros! — rosnou o homem-pipa que dera origem à contenda.

Os fregueses dividiram-se em dois grupos. De um para outro voaram imediatamente os copos e as garrafas. E d. Bias, que se ficara no mesmo lugar, entre os contendores, levou o melhor do primeiro arremesso. Rolou até pelo chão quando o Carniça investiu manhoso para tomar-lhe a durindana. E lá do balcão, o Trancoso, abrindo uma larga e forte navalha catalã, veio para o meio do barulho numa neutralidade agressiva de quem queria pôr no olho da rua toda aquela comitiva brigalhona de ébrios esbodegados.

— Que fossem se haver lá para a lama do Piolho!

Nisto, veio de lá de fora um retinir de armas. Ouviu-se um grito de agonia, e mais outro, e mais outro ainda. Correram todos para a porta. Matava-se ali por perto.

E d. Bias, muito lambuzado de poeira e vinho no seu roupão de veludo sem pelo, ergueu-se e foi para o fundo da casa, aproveitando a confusão do momento para esconder o chouriço por debaixo da camisa.

À porta, todos alongaram os olhos pela noite escura. A chuva estiara um pouco. Sem iluminação, a rua do Piolho desenhava indecisamente os seus perfis de casas baixas. E a alguma distância da taverna, via-se redemoinhar um grupo confuso de homens que se batiam. Mais alto que o tinir das espadas soavam as pragas dos combatentes.

Era positivo que um dos combatentes se defendia de todos os outros, com uma coragem de leão.

Os fregueses do Trancoso ficaram sem movimento, contemplando a luta. E Trancoso encolheu os ombros e voltou para seu posto no balcão, rosnando entre dentes que melhor que se matassem todos uns aos outros, aqueles vagabundos que tiravam a espada por qualquer patifaria.

Os outros ficaram sem intervir. O Carniça entusiasmou-se: um dos combatentes acabava de cair varado por um bote do que se defendia. E o mulato, diante daquele espetáculo delicioso para seu temperamento de galo de briga, berrou, batendo palmas:

— Aí, bravo!

Os dois agressores perdiam terreno. A espada do desconhecido girava multiplicando os botes, e pondo-lhe diante do peito um muro de aço em que vinham bater inofensivas as armas dos outros dois. Mais um ferido. E o último rodou sobre os calcanhares, fugindo, seguido de perto pelo inimigo.

Nesse momento, d. Bias indignou-se da covardia em que estavam todos, vendo um bater-se com tantos.

— Caramba! Não se dirá que um fidalgo de Espanha deixou de ir em auxílio de um fraco!

E abalou de durindana em punho para o lado em que o desconhecido perseguia o fugitivo. Mas o fidalgo viu a sua bravura sem proveito. O desconhecido já vinha de volta, e daí a pouco, quando entrou na tasca, o Trancoso, ao ver-lhe a fisionomia, acercou-se dele com um ar de respeito e carinho. Os fregueses cumprimentaram-no também. Sentou-se a um mocho, e atirando a espada ensanguentada sobre o balcão, ordenou ao taverneiro:

— Limpa isto e dá-me vinho!

CAPÍTULO 2

O SATANÁS

Tinha uma bela compostura varonil e forte de velho conservado aquele desconhecido que tão inopinadamente acabava de entrar na bodega do Trancoso e em torno do qual todos respeitosamente se acercavam.

Por sobre o chapéu de abas largas, via-se um rosto bem modelado em ângulos violentos de decisão e afoiteza. O espesso e comprido bigode militar, que o sarro dos cachimbos amarelecera, recurvava-se fantasticamente numas pontas erguidas para o céu como uma ameaça de conos de Satanás. O nariz e o queixo eram pontiagudos, fazendo-lhe a cara estreita e cortante como a cabeça dos peixes e a quilha dos navios. E ele tinha, principalmente, um olhar, indefinível de cor, agudo e penetrante como a lâmina daquela espada que atirara sobre o balcão, olhar de rapina, de águia nobre ou abutre carniceiro. Não se lhe podia ver o traje, envolto como trazia o corpo numa vasta capa espanhola de forro escarlate. Divisava-se-lhe apenas as largas botas de couro, muito enlameadas e com esporas de grandes rosetas.

E aí, à luz baça dos candeeiros, recostado por sobre uma mesa, ele quedava-se, indiferente com a preocupação dos outros, tipo fantástico de aventuras a quem pouco importavam a luta de ainda havia pouco e a perspectiva toda da vida restante.

Chamavam-no *Satanás* e tinha a sua história.

De origem fiorentina e boas fidalguias, ele crescera logo numa infância cheia de tempestades. Na noite do seu nascimento, uma vingança italiana ateara o incêndio no palácio dos Pallingrini, e somente a um milagre se deveu a sua salvação. O pai, que o trouxera ao colo descendo pela escada abrasada, entregou-o a um criado. E pereceu dentro das chamas quando tentou voltar para salvar a mulher. Um frade mendicante que passava batizou-o então com o nome de Ângelo; e uma bruxa cigana, que dizia a *buena dicha* vaticinou-lhe mil horrores: uma inconstância de sorte fazendo-o milionário de repente e mendigo logo depois, e enfim uma morte violenta e uma sepultura fora do sagrado.

Ângelo Pallingrini, o pobre órfão da triste catástrofe, foi conduzido então para um castelo da Calábria, onde seu tio e tutor o confiou aos cuidados de uma ama, e o deixou crescer por ali, ao azar das circunstâncias, como bem parecia à criança e como bem entendiam os criados. O menino fez-se logo trêfego, autoritário e mau. Gostava de subir ao terraço da grande torre do castelo para precipitar os animais que conseguia apanhar. E de uma ocasião, aos sete anos, passou duas semanas na enxovia, porque, brincando de armas com seu irmão colaço, matou-o para experimentar como eram as brigas de verdade. Adolescente, sonhou logo amores. Queria-os, porém, misteriosos e complicados, difíceis e românticos, como os contavam nas lúgubres legendas do papado que a gente do castelo gostava de repetir pelas horas tristes da noite, na monotonia fatigante dos serões. E apaixonou-se pela tia — uma bela mulher, vigorosa e forte que vivia a exuberância dos seus trinta anos junto à precoce decrepitude do marido.

Mas quando uma noite entrava-lhe nos aposentos, encontrou-a morta sobre o assoalho, esplendidamente nua, com os bastos cabelos em desalinho e um lençol apenas envolvendo-lhe parte do corpo, deixando-lhe a descoberto os seios por entre os quais se afincava o punhal assassino.

Junto ao cadáver, sereno e pálido, o castelão velava de pé com as mãos nos copos da espada — sentinela da honra no campo da morte.

Ângelo Pallingrini soltou então pela primeira vez aquela gargalhada estentórica de ferros velhos que chocalham como as armaduras dos guerreiros dentro das campas, aquela gargalhada que lhe deu mais tarde o cognome de Satanás.

E antes que o tio se movesse, ele arrancou do peito da morta esse punhal com que a covardia de um marido tinha vitimado a sua amante, e investiu contra o velho fidalgo, que rodou no chão soltando uma praga de maldições.

O rapaz fugiu. Embarcou numa galera que partia para as Espanhas. Uma triste fatalidade pesava-lhe, entretanto, sobre o destino todo inteiro. Tanto que nas alturas de Argel a galera foi aprisionada pelos piratas mouriscos.

Ângelo, italiano e supersticioso por conseguinte, supôs-se então a vítima de um mau-olhado, de uma jetatura lançada sobre os amores mesmos de seus pais que ele nem tinha aprendido a respeitar.

A ideia do suicídio veio-lhe então. Ou pelo menos a ideia de encontrar a morte em um qualquer combate. Porque ele sentia-se melhor do que era. E via-se infeliz, fazendo a desgraça de todos aqueles de quem se aproximava.

Lá em Argel vieram-lhe, porém, novos amores e uns anos de calma fruídos lentamente no gozo lascivo dos serralhos.

O Bey apaixonara-se por essa criança esquisita, de olhar altivo, mas tenebroso, e que tão bem sabia gargalhar um riso triste, de amarguras e de dores. E o moço italiano foi prosperando de haveres e de posições. Quando o instinto das batalhas o espicaçava muito forte, seguia para o deserto à caça do leão.

Notícias, porém, da sua pátria, a intolerável opressão austríaca e as guerras valentes de Bonaparte, o fizeram voltar para a sua terra onde melhor podia viver o seu gênio aventureiro de fidalgo.

Cumpria-se, entretanto, a fatal predição da cigana. E semelhante projeto foi o ponto de partida de uma série de desastres. Um naufrágio fez-lhe perder a galera, onde iam os seus tesouros e as suas escravas, quase à entrada mesmo do porto de Nápoles.

E foi como simples soldado que ele entrou no exército da Venécia. Prisioneiro do austríaco e condenado à morte, conseguiu fugir, entretanto, graças ao auxílio de um fidalgo espanhol a quem salvara a vida e que o levou a Madri.

Foi aí que ele conheceu d. Bias, com quem se passou para Portugal e mais tarde para o Brasil junto com a comitiva de d. João VI, que o escolhera para mestre de armas de seus filhos.

Na corte do monarca lusitano, o *Satanás* fez-se também escultor, artista galante, querido das damas, a quem impressionava pela altivez cavalheirosa de seu porte e pelo aventureiro de seu viver.

E nos anais do tempo ficou celebrado o seu amor com uma das damas da rainha, de quem houve uma filha, que estava sendo misteriosamente educada, ninguém sabia onde.

Aqui no Brasil fora ele quem dera a nota boêmia da vida nas tavernas, protegido que andava pela amizade de d. Pedro.

Velho embora, e taciturno, ele sabia fazer a alegria em torno de si. Tinha ideias esquisitas, caprichos de imaginação e principalmente um gênio batalhador que dava às suas noitadas um aspecto aventuroso de novidades e imprevistos.

E por muitas vezes pareceu-lhe que se renovavam para si aqueles bons tempos ditosos de Argel. Enriquecia e subia em considerações e importâncias.

Com o regresso de d. João VI, entregue que ficou a colônia ao príncipe regente, o *Satanás* foi quase a segunda pessoa do Estado, muito ouvido e atendido por d. Pedro, que conservara um grande respeito pelo seu velho mestre de armas de quem fazia guarda-costas nas costumeiras excursões noturnas.

Por isso estavam todos agora muito respeitosos, ali na bodega do Trancoso.

Apenas d. Blas teve a coragem de sentar-se junto à mesa, como velho conhecido de todos os tempos e de todas as vicissitudes. Beberam juntos, muito calados, logo após a troca de algumas palavras.

E o *Satanás* pediu logo a espada que tinha mandado limpar.

— Boa lâmina! — disse o Carniça, para fazer conversa.

Mas ninguém teve a coragem de acrescentar palavra, porque *Satanás* voltou-se e esparramou um olhar de desprezo por sobre os circunstantes.

Depois ergueu-se e atirou para cima do balcão uma moeda de ouro, dizendo ao Trancoso:

— Pague isso em bebidas a esta gente.

E saiu, sem ligar importância aos agradecimentos que lhe queriam fazer, chapinhando na lama do Piolho com as grandes botas de cavaleiro, e misturando nas trevas do derredor o longo fantasma de seu vulto de capa preta.

CAPÍTULO 3

O PARAÍSO DE SATANÁS

O Satanás seguiu toda a Rua do Piolho e enveredou pela do Conde Lourenço da Cunha. Quase ao chegar ao campo de Santana, parou à porta de uma casinha modesta, de varanda pintada de verde, e bateu três vezes com os copos da espada.

Era ali, desconhecido e afastado, que fulgurava para o *Satanás,* o que ele chamava — o seu paraíso: era ali que o escultor escondia, como um avarento esconde o seu tesouro, a filha adorada, única afeição pura da sua vida.

Ângelo Pallingrini, o *Satanás,* como mestre d'armas do príncipe, dedicara-se a guiar-lhe e fortificar-lhe o pulso; e quando o príncipe se fez homem, quando o seu altivo temperamento cavalheiresco se desenvolveu, ávido de amores e de façanhas, o *Satanás* passou sem transição do ofício de mestre d'armas ao ofício de alcoviteiro, e depois de guiar-lhe o pulso, começou a guiar-lhe o coração. Dentro do bolso do seu gibão havia sempre a certeza de se encontrar pelo menos um bilhetinho amoroso do real conquistador. O *Satanás* desbravava o caminho, aplanava-o, desembaraçava-o de todas as dificuldades.

Quando o príncipe chegava, estava tudo feito: via e vencia — e, logo perto, ficava o servidor fiel, de espada em punho, vigiando os amores do seu amo, para não deixar que os fosse perturbar a fúria de um pai rebarbativo ou a inconveniência de um marido indignado.

Desse lodo de todos os dias, purificava-se à noite o escultor, indo beijar a filha que ali vivia, guardada por uma velha espanhola, dona Emerenciana.

Assim que conseguia deixar o príncipe entretido nos braços de alguma rapariga condescendente, lá ia, embuçado na sua capa, pedir ao seu anjo da guarda um beijo purificador. Via-a, beijava-a, e voltava a correr aventuras com d. Pedro.

Na cidade, rosnava-se que o *Satanás* tinha amores ocultos com uma criatura divina que o amava até à loucura; porque, por mais precauções que tomasse o escultor para esconder as visitas noturnas à casinha colonial, já começavam a fazer sobre o caso um tecido caprichoso de suposições. D. Bias, que todos sabiam muito amigo do *Satanás,* tomava uns ares misteriosos quando a esse respeito o interrogavam.

— Então?! Diga cá, d. Bias: são amores, hein?

— E que é que tem a arraia-miúda com os amores de um cavalheiro digno? Pois, que sejam amores... E então? O que não se pode dizer, é como a bela se chama. É uma senhora que conhece de cor os nomes gloriosos de cinquenta avós, e cujo nome não deve, portanto, andar na boca do populacho! Sim! Que nós cá, fidalgos de raça, não nos sujamos com mulheres de meia-tigela: queremos sedas e joias, e beijos fidalgos como nós!

Mas o *Satanás* deixava que a bisbilhotice de todos se perdesse em conjeturas, e redobrava de precauções.

Naquela noite, foi d. Emerenciana quem lhe veio abrir a porta. O *Satanás,* seguido pela espanhola, subiu a escada estreita e escura que levava ao sobrado, e entrou na sala, onde a filha, assim que o viu, atirou sobre a mesa o bordado e correu a dependurar-se-lhe do pescoço, num grande abraço carinhoso. Pela dura face do espadachim rolaram duas lágrimas silenciosas e os seus olhos embeberam-se, úmidos e sôfregos, nos dois céus azuis dos olhos da filha.

Branca teria quando muito 16 anos. Era já uma deliciosa mulher, esbelta, talhe gracioso de palmeira, seios tufados provocadoramente e grandes olhos azuis, dando uma encantadora expressão de ternura a sua face pálida e doentia de moça educada com rigor, sem distrações, sem grandes passeios ao ar livre. Mas o que a tornava mais bela, o que constituía o seu maior encanto, eram os cabelos cor de ouro, longos e finíssimos, cabelos que, quando soltos, cobriam-lhe todo o corpo, da cabeça aos pés, como um grande manto tecido de raios de sol.

Educada pela velha Emerenciana, com uma severidade terrível, Branca aos 15 anos ainda tinha uma alma de criança ingênua, que não sabe o que é a vida. Os seus grandes olhos azuis abriam-se curiosamente para o mundo, sem compreendê-lo.

Emerenciana cumpria fielmente as ordens do *Satanás*, que não queria que Branca chegasse à janela nem saísse à rua, muito cioso da virtude da filha, muito receoso da depravação dos fidalgos portugueses que d. João VI deixara no Brasil com o príncipe regente. De maneira que Branca se fizera mulher entre quatro paredes, tendo como únicas distrações os seus bordados e a conversa com d. Emerenciana, que, apesar do seu papel de vigilante rigorosa, tinha pela moça verdadeira afeição de mãe.

Foi mesmo a instâncias de Emerenciana que o *Satanás* consentiu que a filha, depois dos 15 anos, desse alguns passeios, raros e curtos, pela cidade. De um desses passeios nasceu para Branca uma nova era de sensações nunca até então experimentadas nem sonhadas pela sua inocência de reclusa.

Foi justamente um ano antes da noite cujos sucessos se estão desenrolando aos olhos do leitor. Era o dia da procissão de Nossa Senhora da Glória do Outeiro. Toda a cidade escovara os fatos, sacudira as sedas, brunira as arrecadas, e abalara para o Outeiro, que às duas horas da tarde apresentava o mais pitoresco aspecto que é possível imaginar.

Desde o adro da ermida que em 1671 a piedade do ermitão Caminha erigira no alto do Outeiro, até à pequena praça em que vinha alargar a rua da Glória, toda a ladeira se apendoava de arcos de folhagens e bandeirolas. As famílias sentavam-se em bancos toscos, em um grande espalhafato de sedas novas, enquanto, de pé, os moleques e as negrinhas, vestidos de branco, muito sérios, carregavam cestos cheios de pão e galinha assada. Porque a gente daquele tempo sofrera a influência de d. João VI, que não podia ir a festa nenhuma sem fartas provisões de viveres.

Branca fora também ver a procissão, com a velha Emerenciana. E estava muito contente, com vontades infantis de bater palmas, gozando aquele grande prazer do contato da multidão, saciando-se de vida, de barulho, de agitação. Fez-se um movimento no povo. Era a procissão que descia.

Primeiro, um padre trazia o crucifixo entre dois acólitos, que empunhavam grandes varas de prata, em cuja extremidade uma vela de cera ardia no meio de um tufo de rosas artificiais. Depois vinha a irmandade, precedendo o andor, vagarosa, fazendo cair ao chão as grandes lágrimas brancas das tochas acesas. Todos se ajoelharam.

Nossa Senhora passava, muito branca e muito serena, guirlandada de raios de prata, de mãos cruzadas ao peito, de olhos erguidos ao céu radiante daquela tarde formosa, sobre o andor dourado, transbordante de flores. Depois, o pálio, oscilando... Ouviam-se já, no coice do préstito, os acordes da banda militar.

Branca admirou o talhe esbelto de d. Pedro, que vinha fardado, empunhando uma das varas... Por um acaso qualquer, o batalhão parou mesmo diante de Branca.

E Branca sentiu de repente que o sangue lhe galopava à face e que o coração lhe batia no peito, vendo o capitão que comandava a tropa cravar-lhe na face dois olhos negros e ávidos, que a abrasavam toda no primeiro rubor amoroso.

Paulo de Andrade, capitão das guardas do príncipe regente d. Pedro, era um belo moço de 27 anos, desempenado e forte, belo exemplar de homem e soldado. Foi desse cruzamento instantâneo do seu olhar com o de Branca que nasceu a paixão que o devia para sempre unir a ela e que o devia matar: paixão nascida num minuto, dessas paixões que, por aparecerem muitas vezes nos romances, parecem hoje absurdas e incríveis na vida real.

Branca seguiu-o com os olhos, até vê-lo desaparecer numa volta da ladeira. E já ele tinha desaparecido e ainda ela o via, alto e bonito, na farda abotoada, com a espada ao ombro, fulgurando à frente dos soldados.

Quando entrou em casa, a moça ia triste, de uma tristeza cuja causa ela mesmo não compreendia bem. Nessa noite, nem os beijos do pai a alegraram. Retirou-se para o seu quarto, onde, em frente à cama virginal, uma Nossa Senhora da Conceição abria os braços, num pequeno oratório de vinhático. Ajoelhou-se para rezar. Mas as palavras da reza confundiam-se-lhe na cabeça. O que ela via ali, no pequeno oratório de vinhático, não era a Senhora da Conceição: era outra, a da Glória, precedida da irmandade, seguida do príncipe e de um belo capitão, cujos olhos ainda agora a abrasavam.

Despiu-se e deitou-se. Mas embrulhou-se muito, com muito pudor, como se receasse que alguém a estivesse vendo. Quis dormir: o sono não veio.

Dentro dela, alguma coisa cantava, alguma coisa gemia, alguma coisa gritava. Ouvia sair de dentro de si um grande clamor de exigências e de desejos: parecia que o sangue lhe rufava nas veias, entre estridores frenéticos de clarins, o hino vitorioso da sua puberdade despertada. E estremecia, julgando sentir na boca ansiosa o contato rude dos grandes bigodes negros do capitão das guardas. Por fim, um grande pranto lhe subiu aos olhos: e ela enterrou a cabeça no travesseiro, sacudida por soluços que não podia reprimir, com um grande medo do amor, que sentia nascer dentro de si e que só agora começava a compreender.

Com o correr dos dias, Branca e Paulo de Andrade viram-se de novo. O acaso, que é o maior alcoviteiro do mundo, arranjou meios de os aproximar cada vez mais. E d. Emerenciana, seduzida pela simpatia que lhe soube inspirar o capitão e pelo grande afeto que tinha à moça, prestou-se a auxiliar-lhes o amor.

De modo que, nessa noite em que o *Satanás* ao sair da bodega do Trancoso foi à casa da rua do Conde, já havia muito tempo que o capitão tinha entrevistas com Branca, mas eram entrevistas puras, a que sempre a velha assistia. E estavam todos à espera da primeira ocasião oportuna em que a velha pudesse contar tudo ao *Satanás* e em que Paulo pudesse pedir-lhe a mão da filha em casamento.

O *Satanás,* depois de abraçar a filha, chamou a velha de parte. Era assim todas as noites: queria saber de tudo que tinha havido, se nenhum vulto suspeito tinha aparecido a rondar a casa, se a filha tinha estado à janela.

Emerenciana tranquilizou-o: a velha não achava conveniente referir-lhe as pretensões do capitão — preferia esperar e levá-lo com jeito, receosa que o gênio arrebatado e brigalhão do *Satanás* deitasse tudo a perder.

O *Satanás* retirou-se. Voltava para o lodo, depois de curta parada no céu. Ia de novo encontrar o amo, que deixara ocupado a encher de consolo a noite de uma formosa cigana, que morava para as bandas do Valongo.

E apertando muito a filha nos braços, o escultor beijou-a na fronte, fez novas recomendações a d. Emerenciana, e, descendo a escada, tornou a mergulhar de novo nas trevas da noite o seu vulto misterioso.

CAPÍTULO 4

ELE

Naquela noite o *Satanás* não tinha muita pressa em encontrar-se com o seu real discípulo de armas. Sabia-o sossegadamente em lugar seguro, em uns amores desses que só fazem correr perigo à bolsa dos galantes.

História escandalosa de momento, grandemente comentada pela corte, onde a Domitila intrigava, a tal paixão do príncipe era, entretanto, coisa muito honesta.

Ficava para longe, para o Valongo.

Fora ali que uma companhia de saltimbancos, recentemente chegada da Europa, erguera a sua tenda, uma grande barraca de lona sobre sarrafos de pinho. A companhia compunha-se do velho saltimbanco Vampa, que se apregoava muito entendido nessas coisas de teatro e chegava até a compor pantomimas lisonjeiras e bajuladoras, em homenagem a qualquer fidalgo endinheirado. Compunha-se mais de Zabanila, esposa de Vampa, cigana nostálgica das suas terras do Oriente, onde a brisa tinha o perfume do sândalo e o beijo dos homens tinha mais volúpia, mas em todo o caso sempre obediente ao marido e pronta a aceitar o rendoso amante que este lhe indicava. Compunha-se também de seis cavalos, um elefante e três comparsas.

O Vampa, empresário da companhia e autor dramático nas horas vagas, como Shakespeare, Molière e Gil Vicente, era um tipo bem falante, vocalizando as sílabas, arteiro e manhoso, cheio de invenções para atrair o público, e gostando de se acercar das rodas de fidalgos onde encontrava os amantes para a mulher e os parceiros para a jogatina.

Chegado aqui ao Rio de Janeiro, fez logo grande escândalo com uns anúncios nunca vistos, que só ele seria capaz de imaginar: sujeitos de zabumba com o letreiro do espetáculo a zabumbar por todas as ruas da cidade. O povo não entendia o letreiro, porque não sabia ler, mas isto não fazia mal porque adivinhava. E o circo do Valongo tornou-se logo o *rendez-vous* noturno da gente alegre que lá ia, principalmente para aplaudir a Zabanila. Ela resistia, porém, a todas as aclamações. Fazia-se muito séria. E os despeitados souberam em pouco que a requestava e possuía quem muito alta e poderosamente mandava naquele tempo.

Por isso o *Satanás* não se apressava muito em ir buscar o jovem discípulo governante. Por isso, e porque desprezava o Vampa que, ao invés de procurá-lo para intermediário tivera o arrojo de meter o d. Bias no negócio.

Vagaroso de andar por aquela lama das ruas, ele chegou, entretanto, e bateu três pancadas maçônicas na porta traseira.

— Entre! — gritaram-lhe.

Levantou a aldraba, empurrou a porta e achou-se num pequeno aposento com paredes de tábuas mal juntas, onde d. Pedro bebia com Zabanila e Vampa, e ria-se a bom rir de umas coisas que lhe dizia uma esquálida cigana feiticeira, com um corpo de pergaminho enrugado sobre os ossos.

— Vieste a propósito. A Mãe Velha estava aqui dizendo que eu havia de ser duas vezes rei e de morrer envenenado, sem cetro, nem coroa, como um qualquer pobre diabo! — E acrescentou: — Pergunta-lhe pelo teu destino. Talvez ela nos diga o teu futuro e pelo menos metade desse misterioso passado, que tu gostas de esconder. Eu gosto de rir.

— Pois fala, velha feiticeira! — disse o *Satanás,* sentando-se e estendendo a mão esquerda à cigana.

Esta debruçou-se sobre a mesa, gastou uma longa pausa no exame, e depois, fitando alternativamente o príncipe e o escultor, sentenciou:

— Para quê? Sabem melhor vocês dois, porque um, não sei qual, tem de morrer pelas mãos do outro.

— Ora!

E d. Pedro levantou-se em toda a altura robusta do seu porte elegante, senhoril e belo.

— Tolices de velha! — disse. E, voltando-se para o *Satanás,* acrescentou: — Vamos.

Partiram.

Pela noite escura e chuvarenta, seguiram os dois, um ao lado do outro, silenciosos, quase apreensivos com a lúgubre profecia da velha feiticeira, que o Vampa, entretanto, surrava lá no Valongo para que ela não fosse em outras vezes dizer coisas desagradáveis aos visitantes, que pagavam bem e não deviam gostar de semelhantes asneiras.

— Envenenado! Sem cetro e sem coroa! — rosnou o príncipe, como que a concluir uma meditação. E acrescentou: — Tu acreditas em feitiçaria, e pensas acaso que a previsão humana pode rasgar o tenebroso véu do futuro?

O escultor teve um gesto incerto de dúvidas e murmurou um — talvez.

— Eu acredito, preciso acreditar — afirmou d. Pedro.

E, ali no campo de Santana onde estavam, parou em compostura elegante de homem que posa para estátua.

— Escuta! — ordenou violentamente numa grande voz vibrante de comando. — Eu sou um infeliz. Não nasci para estes tempos sossegados de agora. Pela minha imaginação perpassam de constante os vultos desses heróis antigos que fizeram o mais nobre da minha ascendência. E eles fizeram tanto que nada mais tenho a fazer. Entretanto eu quisera ser o construtor de um grande povo...

E, depois de uma longa pausa, durante a qual, de braços cruzados, ele parecia a sombra de Napoleão, visitando a sepultura de Santa Helena, acrescentou:

— Vês, *Satanás!* Fervilha-me dentro das artérias o sangue dos heróis. É preciso acreditar no horóscopo das feiticeiras, porque elas me predizem sempre um desses futuros tenebrosos, tão cheios de desgraças, que só podem pertencer aos valentes lidadores do progresso humano.

E disse mais, visionariamente:

— A história — o sagrado tribunal da inquisição, onde comparecem as sombras dos reis — há de me julgar. Pouco me importa a sentença. Eu quero ser julgado. Ela dirá que eu fui despótico e brutal. Mas a mim nunca deram educação. Deixaram-me crescer como esses animais bravios da floresta que só conhecem a lei de seus apetites e para quem a luta é a própria vida. Não posso ser melhor do que me fizeram. Tenho, preciso ter, essa independência selvagem do leão que a nada se curva e triunfa sempre. E sinto-me bem, assim como sou. Hei de cumprir o meu destino todo inteiro de homem que nasceu para as altas empresas legendárias!

E mais baixo, confidencialmente e quase triste:

— Ouve-me, *Satanás!* Eu sou um infeliz.

Fez-se então um longo silêncio, merencório e fúnebre como a antítese dos grandes que se confessam pequeninos.

— E tu? — falou o príncipe galhofeiramente. — Lembra-te que um de nós dois tem de morrer pela mão do outro, conforme disse a feiticeira.

— Elas mentem às vezes. Em todo caso, mais vale morrer de mão de amigo.

— E tu és de verdade meu amigo?

— Que pergunta!

— Sim. Faço-te confidente de todos os meus planos. Melhor do que ninguém, tu sabes o que eu penso sobre as cortes. Tu sabes que não posso aturar essa canalha de pairadores letrados, que quer deitar leis ao meu orgulho e a quem meu pai se entrega com toda a moleza do seu caráter. Mas...

— Eu o traio, porventura?

— Não. Mas tu me aborreces, porque te fazes necessário demais. A tua dedicação enfarta-me como a festa insistente dos rafeiros.

— Ora. O príncipe bem sabe que Zabanila é minha inimiga. Não deve, pois, ligar importância no que ela diz, nem permitir que esta cigana de mau olhar queira torná-lo o instrumento das suas vinganças pessoais.

— Sim. Falemos de Zabanila. Todo o ódio que dedicas à pobre rapariga consiste em não seres tu o descobridor daquela pérola.

— Pérola rachada!

— Que importa! Eu insubordino-me e quero emancipar-me da tutela que tens exercido sobre todos os meus amores.

— Revolta de criança que prefere o pão preto das estrebarias ao repasto das mesas do castelo!

— Não, *Satanás!* É o meu orgulho. Eu quero conquistar uma mulher por mim mesmo. E posso garantir-te que vou em bom caminho.

— Faz bem. Eu velarei, entretanto, sobre os seus dias, como esse cão rafeiro de que falou há pouco, e que tanto o incomoda com as suas carícias.

— Não. Ordeno-te que me deixes só nesta aventura. E, olha, ela não será muito prolongada. Daqui a três dias partiremos para Santos. São, pois, três dias de liberdade que te peço apenas.

— O príncipe ordena.

— Pois bem, então separemo-nos.

E os dois se despediram um do outro, mergulhando nas trevas os seus nobres vultos fidalgos.

CAPÍTULO 5

LE ROI S'AMUSE

D. Pedro tinha razão. Para o seu caráter independente, era afinal uma verdadeira humilhação aquela constante necessidade de recorrer aos serviços do *Satanás.* O que ele mais desejava, havia muito, era um amor que pudesse satisfazer o seu orgulho de homem. Aquilo rebaixava-o diante de si mesmo; parecia-lhe, ao receber um beijo, que não era o homem forte e apaixonado que o recebia, vencedor pela força e pela paixão, mas o príncipe, vencedor pelo nome e pelo prestígio da posição.

E esse amor, que ele sonhava no íntimo, essa esperada paixão desinteressada e nobre, apareceu-lhe (nem o podia imaginar o *Satanás!*) no mesmo dia em que Branca deixara que o seu coração se dependurasse cativo dos belos bigodes negros de Paulo de Andrade.

Quando a procissão passara, um ano antes, pelo lugar em que estavam Branca e d. Emerenciana, naquela tarde radiante em que a moça pela primeira vez sentira o coração bater sob o domínio de um olhar de homem, o príncipe, que empunhava uma das varas do pálio, viu de relance a filha do seu *alter ego.*

Dessa tarde em diante, houve para ele a ansiedade indizível de rever e de possuir aquela criatura loura, cujos olhos refletiam a mais pura inocência e toda a ingenuidade de uma criança... Ah! O príncipe já andava farto de mastigar frutos maduros: o que ele agora queria era o sabor excitante dos pêssegos verdes, ainda não cobertos de penugem.

Viu-a de novo na festa de S. Sebastião, viu-a nos *Te-Deuns* solenes dos dias de gala, viu-a a passeio, viu-a no largo do Paço, onde naquele tempo as famílias iam tomar fresco, pelas tardes abrasadas do verão. E privado até então de uma ocasião própria para lhe falar, o príncipe ardia em impaciência e em febre: entre duas conquistas fáceis das que lhe arranjava o *Satanás*, aparecia-lhe sempre a loura imagem de Branca, dominando tudo, apagando tudo com o seu brilho e a sua pureza de estrela inacessível.

Na ocasião em que, por basófia, d. Pedro atirou ao *Satanás* aquela frase orgulhosa em que vinha explodir, despeitada, a sua altivez, estavam as coisas nesse pé...

O príncipe, sem que uma só palavra pudesse trair as suas ocultas intenções, não falou mais ao *Satanás* na aventura em que se tinha empenhado.

Não que esse escrúpulo natural de cavalheiro o retivesse, não querendo magoar na parte mais sensível da alma o seu fiel servidor; ele não sabia que Branca era filha de Pallingrini. O que lhe retinha a indiscrição era o desejo de poder, um dia, mostrando-lhe e provando-lhe que os seus serviços não eram indispensáveis, dizer-lhe:

— Vês? Possuo esta, que é melhor do que todas as outras; e não foste tu que me deste. Não me foi dada pela tua dedicação, nem pelo meu nome, nem pelo meu prestígio. Amou-me, porque me achou belo, porque me achou forte e valente, porque satisfiz o seu ideal, porque encontrou em mim o homem que lhe devia rasgar diante dos olhos o horizonte ilimitado da vida e do amor! Já vês que os teus serviços não são indispensáveis...

E redobrou de vigilância e de esforços. Afinal, conseguiu saber onde morava a sua desconhecida: seguiu-a de uma vez que a encontrou, embuçado, à saída de uma novena do Parto.

E começou todas as noites a rondar a casa da rua do Conde, na esperança de ver sair alguém cuja conivência pudesse comprar a peso de ouro, na esperança de que um acaso providencial viesse inesperadamente em seu auxílio.

Uma noite, acreditou ter conseguido o que queria. Estava *à* espreita, num terreno que havia em frente à casa, e onde se estavam fazendo obras, quando viu um embuçado chegar, olhar demoradamente a varanda verde, por cujas janelas passava a luz do interior, bater três vezes com os copos da espada e entrar, depois de longamente ter escrutado todo o arredor com um olhar cuidadoso.

Que poderia dizer aquilo? Um homem...

Mas não esperou muito. Viu o homem sair pouco depois, com as mesmas precauções com que entrara. Deixou-o seguir um pouco, e acompanhou-o depois, até que o viu entrar na tasca do Trancoso. Foi aí que se convenceu de que o homem que gozava a felicidade, até então inacessível para ele, de entrar naquela casa, que se lhe afigurava uma fortaleza inespugnável, era o *Satanás.*

Procurou a princípio descobrir que relações podia haver entre ele e a sua desconhecida. Mas, desistiu:

— Se é amante dela, melhor! Mais completa será a lição.

Empregou pessoas dedicadas para auxiliá-lo a espionar a casa. E ao cabo de alguns dias soube que a menina chamava-se Branca e vivia em companhia de uma velha espanhola. A obra de sedução prosseguiu. D. Emerenciana, a todas as ofertas de dinheiro, opôs uma resistência inabalável; só obteve como resultado excitar a impaciência e o desejo do príncipe, que se resolveu a empregar os meios violentos.

Organizou-se o plano de ataque. Uma noite, o príncipe escondeu-se nas obras que se faziam na rua do Conde, com dois homens dispostos a tudo. Todos armados, todos cautelosamente embrulhados em compridos capotes.

Das dobras do capote de um dos homens que acompanhavam o príncipe, o mais alto e mais magro, o que parecia um grande ponto negro de admiração — via-se emergir uma durindana formidável. Era d. Bias. O momento não se fez esperar; por volta da meia noite viram chegar à casa o vulto do *Satanás.*

— Por São Tiago de Compostela! — ganiu d. Bias. — Temos mouro, senhor, temos mouro! Vou a ele?

O príncipe impôs-lhe silêncio. Como de costume, a demora do *Satanás* foi curta. Pouco depois saiu e desapareceu no alto da rua, para o lado da rua do Piolho. Os três homens saíram então do esconderijo, e d. Pedro bateu à porta as mesmas três pancadas do *Satanás.*

A porta abriu-se. Naturalmente d. Emerenciana pensara que era o *Satanás* que voltava a fazer-lhe qualquer recomendação de que se esquecera. Mas, em menos de um minuto, agarrada de surpresa, mal teve tempo de dar um grito, a velha viu-se solidamente amarrada e amordaçada, e entregue à guarda de d. Bias. O outro homem ficou de guarda à porta, e o príncipe subiu, levando o lampião que d. Emerenciana trouxera.

D. Bias sentou-se filosoficamente a um degrau, pousou a durindana nos joelhos e sacou da profundidade de uma das algibeiras do gibão uma naca de presunto.

— Sinto muito, sinto muito, respeitável dama, não lhe poder oferecer um pouco desta parca refeição. Desculpe...

E continuou esmoendo o presunto com um grande barulho de queixos, que soava na treva da escada como uma tempestade.

Mas, de cima, começou a chegar um barulho de passos e de vozes. Ah! Bem que a boa Emerenciana distinguia a voz aflita de Branca. E desesperava-se a velha espanhola, sem poder acudir à sua querida filha, ali amarrada, diante daquele fantasma que comia. Por fim, ouviu-se um grito: e nenhum outro rumor chegou de cima.

Mas o homem que estava à porta, bradou:

— Quem vem lá?

E d. Bias engasgou-se com um pedaço de presunto, compreendendo que o companheiro batia-se lá fora com alguém, ouviu tinir de ferros, ouviu passos de quem fugia, viu a porta abrir-se e um homem entrar, tropeçando no corpo da velha.

Era Paulo de Andrade, que ouvira o grito e a quem a presença do homem armado à porta causara suspeitas. Ao esbarrar no corpo, abaixou-se e reconheceu-o.

D. Bias esgueirou-se como uma sombra pela parede, saltou à rua, disparou, tropeçou na espada, caiu, levantou-se, e foi cair extenuado à porta do Trancoso, de onde o *Satanás* vinha saindo.

Paulo de Andrade, preocupado em desamarrar a velha, nem dera por ele. Subiu a escada a quatro e quatro, de espada em punho, viu deserta a sala da frente, entrou como um cego no quarto de Branca.

Todo o quarto estava em revolução, cadeiras caídas, roto o cortinado do leito, onde Branca jazia estendida, sem dar acordo de si. O príncipe, vendo entrar o capitão, teve apenas tempo de apanhar a espada e pôr-se em guarda. Paulo arremeteu contra ele:

— Miserável!

Mas estacou de repente, e veio recuando até a parede, com um grande espanto na fisionomia alterada... Reconhecera o príncipe.

Lia-se então na face do moço capitão a luta que dentro dele se travava. Por duas vezes, pareceu atirar-se contra o seu rival. Mas d. Pedro esperava-o, sereno, com o olhar fito no dele. E Paulo, deixando cair a espada, cravou no peito o punhal, indo bater com a fronte na borda do leito, onde Branca continuava sem sentidos.

Quando d. Bias, à porta do Trancoso, conseguiu recuperar o uso da fala, começou a contar o caso ao *Satanás*, preparando-se para mentir à vontade.

— Ai! Imagina, ó *Satanás!* Eu amava, ele amava, elas nos amavam. Tudo pronto já, quando de repente vemos a casa invadida por duzentos homens armados... Duzentos? Espera... não! Não eram duzentos, mas eram cem. Caem sobre nós. Bati-me, como sabes que me bato sempre! Mas...

— Mas, onde isso? Onde isso?

— Na casa, homem...

— Em que casa?

— Na casa da rua do Conde; ora ouve...

Mas o *Satanás* não quis ouvir mais nada.

Aquele nome de rua do Conde encheu-o de um pressentimento terrível. D. Bias nada dissera, mas o escultor ouvia uma voz secreta a gritar-lhe que era a filha quem corria perigo.

Não ouviu mais e correu, deixando em meio da narração o bravo fidalgo de Espanha, que entrou para a taverna, a afogar no seio de um pichel a sua sede de sangue.

O *Satanás* encontrou a porta aberta. Ah! Era verdade! Era verdade! Um rugido surdo lhe saiu da garganta, voou pela escada acima, louco de raiva e de terror. E parou à porta, sem movimento e sem voz, diante daquele quadro terrível.

Branca desmaiada ainda. Paulo, estendido no chão, sobre uma poça de sangue, e a velha rezando, ajoelhada diante do oratório.

O *Satanás* sentiu que a razão lhe ia fugir. Mas compreendeu. Sim! A sua filha fora desonrada por aquele miserável que ali estava estendido. Desonrada! Desonrada a sua vida, manchado o seu único amor, calcada aos pés toda a sua felicidade!

Uma nuvem de sangue lhe cresceu diante dos olhos. Ah! Era a velha a culpada. E, louco, trôpego, alucinado, embebeu a sua espada até aos copos entre as duas espáduas da espanhola.

O sangue jorrou de repente e borrifou de gotas vermelhas o manto de Nossa Senhora.

Nesse momento, uma gargalhada longa, sinistra, angustiosa, repercutiu no quarto. Branca assistira ao assassinato.

E de pé, cercada pelo véu de ouro dos cabelos, torcia as mãos, e ria, e ria, e ria. Enlouquecera.

CAPÍTULO 6

A PEIXADA

O *Satanás* acompanhou o príncipe a Santos na madrugada do dia seguinte.

Naquela noite, em que a tragédia da rua do Conde se passara, o *Satanás* saíra de casa da filha como um louco. Vagara sem destino até o amanhecer, apertando a cabeça nas mãos, sem compreender ainda o que se havia passado.

E no dia seguinte, a bordo, d. Pedro, que o forçara a partir consigo, notou-lhe a fisionomia alterada: o *Satanás* queixou-se de estar doente e fechou-se a sete chaves no mais absoluto silêncio a respeito dos sucessos da véspera. A notícia dos dois assassinatos espalhara-se rapidamente pela cidade: tinham sido encontrados os cadáveres de Paulo de Andrade e de Emerenciana, e a polícia pôs-se logo em campo para esclarecer o negócio. De Branca, porém, não havia a menor notícia: desaparecera.

Quando o príncipe partiu para Santos, os horizontes políticos do Brasil toldavam-se, anunciando a tempestade iminente. D. Pedro via-se reduzido a simples governador do Brasil e recebera já a ordem de retirar-se para a Europa. O povo de São Paulo mandara-lhe a célebre representação de oito mil pessoas, pedindo-lhe que ficasse.

No ouvido do príncipe regente soavam ainda as últimas palavras de seu pai, ao embarcar para Lisboa: Pedro, põe a coroa sobre a tua cabeça...

O seu nobre desejo de ser o constituidor de um novo povo era secundado ainda pelos conselhos dos seus partidários, que lhe inflamavam cada vez mais o entusiasmo e a ambição.

A *Sociedade Tenebrosa do Apostolado,* que então funcionava no quartel da Guarda Velha e da qual era o príncipe o *Archonte Rei,* incitara-o a precipitar os acontecimentos. Demais, as últimas notícias de Lisboa eram as mais inquietadoras possíveis: os deputados brasileiros, insultados nas cortes, tinham reagido escandalosamente com uma nobre energia: perseguidos, tinham sido forçados a embarcar para Falmouth e daí para o Brasil.

De modo que o príncipe não podia mais hesitar.

Mas, em Santos, não foi a política que lhe preocupou o exaltado coração.

Lá mesmo, o *Satanás* teve de reassumir as funções de medianeiro fiel. Porque, cheio, durante o dia, de preocupações políticas, o príncipe passava as noites a correr a velha cidade, à cata de aventuras.

As ruas sujas de Santos, eternamente cobertas de lama, quer a chuva caísse, quer o sol abrasasse, impregnadas de um cheiro repugnante de maresia, não tiveram mais segredos para os dois. E *Satanás* descobriu uma rapariga deliciosa, que casara com um velho fidalgo português e que não hesitou em abrir o seio à honra dos beijos do jovem príncipe.

A primeira entrevista realizou-se na Barra, em casa de uma velha algarvia, conhecida na cidade pela perícia inexcedível com que preparava as peixadas suculentas para as funçanatas de então. E foi por uma bela noite de luar que O príncipe, acompanhado do *Satanás,* partiu para a Barra, onde o esperavam uma farta peixada de escabeche e um farto colo de mulher morena.

A casa abria as janelas para o mar, onde o luar entornava a sua prata líquida, naquela noite serena. Eram a perder de vista, desde a praia curva, de areias claríssimas, até o limite apartado do horizonte, águas e águas que tremiam ao luar, encrespadas e franjadas de espuma.

À porta d. Pedro parou. A sua alma ardente de ambicioso agradava aquele infinito sereno, aquela vastidão de águas calmas, ilimitadas como os seus sonhos de poder e de glória.

O *Satanás,* ao lado, olhava também o mar: e aquilo trazia-lhe à lembrança o infinito do seu desespero e a soledade da sua vida, sem filha, sem amigos, cão rafeiro de um fidalgo...

Mas d. Pedro foi o primeiro a arrancar-se das suas meditações:

— Entremos. Nunca se deve fazer esperar uma mulher.

— Nem uma peixada — acrescentou o escultor.

Entraram. Uma sala baixa, toda furada de janelas, por onde o luar entrava, cintilando. Ao centro, a mesa estava posta, asseada, com a grande terrina de louça azul, descoberta, deixando ver o molho louro do escabeche, cujo aroma fazia a água crescer na boca.

Maria, ao ver entrar o príncipe, levantou-se do banco em que estava sentada, a uma das janelas, contemplando o luar. Era uma mulher opulenta, de amplas formas sensualmente arredondadas, olhos profundos e negros, circulados de olheiras roxas. No lábio superior, carnudo e vermelho, sombreava-se-lhe um buço delicioso.

O príncipe beijou-lhe a mão, fidalgamente. E, enlaçando-lhe a cintura, foi com ela para a janela. Daí a pouco, a sala encheu-se de um sussurro de vozes cochichadas, nomezinhos ternos, risadinhas brejeiras, beijinhos marotos. O *Satanás* meditava a um canto, taciturno.

A velha Marta do Peixe entrou muito gorda, muito suada, com dois seios formidáveis, trêmulos como dois grandes bolos de gelatina, trazendo os canjirões do Ribatejo.

Que viessem para a mesa, que viessem para a mesa! Estava a coisa de *empanturrar* o bandulho e *soluçar* por mais! Haviam de lamber os beiços.. Não! Que para cozer as anchovas tenrinhas não havia *com'a ela!*

Abancaram todos. E a Marta, de mangas arregaçadas, deixando ver dois braços que pareciam duas pernas, pôs-se a encher pratarrazes de peixe.

— Olhem que foi pescado ali assim p'lo meu home! E é quê ele foi feliz, o raio do dianho, que as pescarias têm andado nada boas, p'la Senhora da Boa Morte!

O príncipe interessou-se pelo homem da Marta.

— Então? Rendia o negócio?

— Qual nada, senhor! É uma azáfama do tinhoso a sol e chuva, e nada de fazer p'r'ó pão! E inda é bom quando não se morre por lá, por essas aiaguas de Cristo! Inda tresantonte lá se ficou o Chico da Burra, mais a canoa e a rede... Agora é verdade que ninguém mandou o desinfeliz ir pescar por riba da catedral!

— Que catedral, mulher? — interrogou o *Satanás*, curioso.

A Marta contou então a lenda, muito conhecida, naqueles tempos e ainda hoje, em Santos. Dizia-se que uma parte da cidade, construída pelos primeiros portugueses, fora submergida. Era nessa parte que fora edificada a primeira igreja de Santos: e tanto que, por noites assim, de luar, quem chegava à beira da praia, ouvia no seio das águas um barulho de sinos, dobrando a finados. E ai! do pescador atrevido que ousasse pescar naquele ponto!... Vinham os padres à tona d'água e carregavam com ele para o fundo do mar.

— Crendices tolas! — disse d. Pedro.

Mas, por uma sucessão de ideias, aquela história supersticiosa da velha trouxera-lhe à memória as profecias da Zabanila. Sacudiu os ombros. E, aproximando a cadeira da cadeira de Maria, pôs-se a conversar com ela, em voz baixa. Depois levantaram-se, voltaram à janela.

A Marta do Peixe ia retirar-se discretamente da sala, flechando para a janela um olhar meloso e brejeiro de rufiona entendida. O príncipe falou:

— Olá! Mulher! Podes levar a luz!

O *Satanás* saiu e foi à praia apreciar a noite. E a sala às escuras encheu-se de beijos.

A mesa ficara posta, com a terrina destampada. E talvez, naquela escuridão, a alma faminta de d. Bias andasse em comunicações espíritas com a alma cheirosa do peixe...

Havia meia hora que estavam sós os amantes, quando o *Satanás* falou da porta:

— Senhor!

— Que é? — saiu das trevas da sala a voz do príncipe, enfadado.

— Coisa séria.

— Ora, deixa lá as coisas sérias para amanhã, homem!

— É o capitão das guardas que aí está.

— Que espere.

— Não pode esperar. É preciso que fale já com ele.

— Vai-te para o diabo e deixa-me em paz!

— Ouça, senhor...

— Arre, vai-te! Já te disse...

— Perdão! Não me vou. Acabam de chegar despachos assustadores de Lisboa.

O príncipe resolveu-se a desenlaçar-se dos braços da amante. Saiu. O capitão esperava-o. Depois de uma curta conferência, o príncipe veio despedir-se de Maria. Outra vez a sala se encheu de beijos. E o príncipe, elevando a voz, chamou pela Marta.

Ela veio logo, muito azafamada, arrastando as banhas pesadas. E ajoelhou-se, comovida, quando o seu hóspede lhe meteu na mão duas moedas de ouro.

Nessa mesma noite, o príncipe saiu de Santos, acompanhado por um regimento de cavalaria. E a madrugada despontava, banhando de ouro e fogo os píncaros de Cubatão, quando a comitiva começou a subir a serra, a caminho de S. Paulo.

CAPÍTULO 7

D. BIAS CARCEREIRO

Feitas as revelações e escorropichado o primeiro pichel ali na bodega do Trancoso, d. Bias pôs-se a refletir sobre o caso.

— O *Satanás* tinha partido na direção da rua do Conde. Lá chegando ele deveria necessariamente intrometer-se naquele drama tenebroso, cujos pormenores, ele, d. Bias, não conhecia, e cujo desenlace ficava para além, misterioso e vago como uma ameaça constante. E o *Satanás,* que não devia morrer, porque os homens daquela têmpera nunca morrem a botes de espada, o *Satanás* viria tomar-lhe contas, pedir-lhe satisfações do auxílio que prestara ao príncipe para que este lhe roubasse sua amante. E d. Bias esbugalhou os olhos em derredor, assustado e trêmulo. Sentiu a espada do escultor prancheando-lhe o costado, manejada pelo pulso valente de Pallingrini. Supôs até o aço frio e cortante a entrar-lhe pelas carnes adentro. Teve medo, muito medo. E apalpou os ossos para saber se eles ainda estavam inteiros e bons, se não se tinham já esmigalhado com esta perspectiva infalível de uma vindita do *Satanás.*

— Também, quem lhe encomendara o sermão? Quem lhe mandara meter-se nessas coisas e intrigas amorosas do príncipe? Já quando promovera a entrevista com Zabanila, a esperança dos lucros fabulosos que fizera, empanara-se com a expectativa da rivalidade com o mestre d'armas. Este pespegara-lhe uns cachações. E bastava. Pela primeira vez não tinha apetite de repetir.

E d. Bias reconheceu a necessidade de fugir; de esconder-se, fosse lá onde fosse.

Saiu.

Na rua teve uma ideia, ideia luminosa, dessas que só aparecem uma vez na vida de um homem.

Malgrado a sua nenhuma vocação para semelhantes empresas, atravessou o campo da Alampadosa todo inteiro, enveredou pela rua da Cadeia, e veio andando, pé aqui, pé ali, evitando as poças de água, aproveitando as pedras mais altas, às vezes esgueirando-se rente às paredes.

Chegou ao convento do Carmo e bateu, de espaços em espaços, compassadamente, numa porta baixa e estreita que dava para o largo. Abriram-na. Ele entrou.

— Então?

— Novidades.

— Mas ela está dormindo.

— Bem. Eu durmo aqui para esperar. Mas que ninguém saiba de minha presença nestes lugares.

E dormiu por sobre um caixote oblongo, desses que então serviam para guardar roupas de mulher.

No dia seguinte, pelo meio-dia, mandaram-no chamar.

D. Bias foi introduzido num vasto aposento luxuoso, onde morava ostensivamente a amante ostensiva de d. Pedro. Aposento de amores, onde a fantasia da mulher pusera alguma coisa de asiático, ele era suntuoso de comodidades, cheio de coxins forrado a pano da Pérsia com tachas de ouro e prata.

Ela, a quase rainha, esperava-o, molemente reclinada sobre o leito, com as grandes carnações leitosas e fortes de mulher sadia, apenas envoltas em uma vasta túnica de cachemira branca, bordada a ouro. Uma dama penteava-lhe com pente de ouro os longos cabelos castanhos e sedosos. E a Domitila sorria, triunfalmente bela.

D. Bias ajoelhou-se.

— Senhora! — disse. — Senhora, eu tenho vigiado.

— E já descobriste porventura alguma coisa, oh! Tu! Meu belo fidalgo das Espanhas.

— Já, minha senhora.

— Pois conta-me lá a tua espionagem — fez a régia amante com um grande sossego de indiferenças.

Ela estava agora tranquila de sua vida. Tinha conseguido do príncipe a promessa de um título, cuja coroa, reluzente de ouro e pedrarias, viesse lhe adornar os altos penteados à Maria Antonieta, de que tanto gostava. E essa viagem a Santos, que acabava de se efetuar naquela madrugada, fora ela quem a exigira, desejosa de converter esta cidade no feudo de seus amores.

Já não lhe vinham mais os ciúmes primitivos, que tanto acidentaram o primeiro período de suas ligações. Sentia-se feliz, forte e soberana, dominando o coração de d. Pedro e podendo permitir-lhe as pequenas escapadas das aventuras noturnas. E esquecia-se até de que encarregara d. Bias de vigiar os passos do seu régio amante.

D. Bias, porém, perorou longamente, espanholamente.

Contou o caso da rua do Conde, fazendo-o tenebroso, cavalgando a rédeas soltas no Rocinante das suas fantasias — d. Quixote dos ideais, ele mesmo, magro e esgalgado, lutador impertérrito de longa durindana para a batalha solene dos moinhos de vento.

— Fora o *Satanás* que fizera tudo. O *Satanás!* — a negra alma vagabunda da perversão e maldade! Fora ele quem, sem mais barregãs nem rameiras para oferecer ao seu régio discípulo de esgrima, quisera dar-lhe até a própria amante. Bem lhe conhecia os planos. *Satanás* queria dominar inteiramente o príncipe, dominá-lo pela amizade e dominá-lo pelo coração, para ficar o senhor absoluto dessa terra dos Brasis. Conspirava. Conspirava até contra ela — a bela *nina* formosa!

— É preciso matá-lo! Consiga ao menos que o deportem! Nada vos é impossível, a vós que fizestes deportar o conde d'Arcos.

A Domitila fez-se apreensiva. Ela não gostava do *Satanás.* E vinham-lhe agora receios de ver a fortuna esboroar-se-lhe no momento mesmo que supunha alcançá-la.

— Em todo caso — disse como que meditando -, em todo caso agora não pode ser, porque o príncipe e o *Satanás* partiram esta madrugada para Santos.

— Caramba! — resfolegou d. Bias com a notícia de estar longe o homem de quem tinha medo. — Caramba! Porque se aqui estivesse, era eu quem o ia matar!

Ela nem sorriu dessa fanfarronada. Mas gritou-lhe imperiosamente:

— Quero essa mulher! Quero a amante de *Satanás!* Dou-te mil cruzados, se a trouxeres!

E, de pé, ofegante, com um gesto de rainha:

— Vá!

D. Bias saiu.

Caminhou pelas ruas, altivo e malcriado, retinindo a durindana pelas pedras, cofiando o bigode provocadoramente.

Estava longe o *Satanás*, e ele não tinha medo.

Por isso andou e correu a cidade inteira. Soube logo notícias do drama da rua do Conde. Vieram-lhe calafrios com a noção completa do perigo que correra. Mas dominava-lhe dentro da cabeça a ideia dos mil cruzados que lhe haviam sido prometidos, para o caso de descobrir a amante do escultor-espadachim. E tratou de encontrá-la.

Poucas esperanças tinha a este respeito. Não a conhecia. E as informações dos alguazis amigos, que andavam empenhados em desvendar o mistério da morte de Paulo de Andrade, falavam apenas em suspeitas de que naquela casa residisse uma moça, que devia ter fugido.

Fugido com quem?

Levá-la-ia d. Pedro para algum misterioso antro de amores?

Ou o *Satanás* tê-la-ia posto a seguro, em algum esconderijo desses que só ele conhecia?

D. Bias estava na incerteza. Não sabia que partido tomar. E pensava até em aproveitar a filha do carpinteiro Custódio, que lhe residia em casa, para fazê-la passar como amante do italiano.

O ponto para ele era receber o dinheiro da Domitila e passar-se imediatamente para qualquer terra longínqua, onde não chegasse o braço vingativo do seu ex-companheiro das bodegas do Mansanares.

Quando seguia, porém, já quase ao anoitecer, pela rua da Vala, chamaram-no de dentro da prisão provisória que ai havia, e onde eram recolhidos os vagabundos notívagos.

Era um alguazil, que ele pusera em meia confidência do negócio, e que lhe mostrou Branca, seminua, com as roupas sangrentas.

A filha de Pallingrini, logo após a brusca partida do pai, precipitara-se sobre o cadáver de Paulo de Andrade. Abraçara-o, beijara-o sofregamente, loucamente, na febre amorosa dessa loucura, que para sempre lhe entenebrecera o cérebro, triturando-lhe o coração.

Depois tivera medo, sentindo rijo e frio, sem aconchegos de abraços e quenturas de beijos, o pálido capitão formoso dos seus amores juvenis.

Teve medo e fugiu.

Perambulou pelas ruas, inconscientemente de si murmurando carícias e meiguices e gritando de repente um grito de horrores.

Prenderam-na.

D. Bias adivinhou-a. Não podia ser outra. Aquele sangue, as palavras incertas que pronunciava, e que podiam todas articular-se ao drama indecifrável da rua do Conde, revelavam-na, garantiam-lhe a autenticidade da descoberta.

E o fidalgo espanhol, aproveitando o alguazil seu amigo, e mais ainda o segredo da noite, que tem sempre um manto escuro para esconder esses mistérios, levou-a para os fundos do convento do Carmo, onde já estavam dadas ordens de recebê-la.

A Domitila nem quis ver a rival que o *Satanás* lhe pretendia impor. Mas não quis também contar logo o dinheiro que prometera, e ordenou que d. Bias ficasse de guarda a prisioneira.

E a porta pesada de um quarto térreo e sem janelas aferrolhou-se sobre Branca — a pobre criança louca, para quem a sorte se mostrava tão áspera, e que cantava entretanto um alegre bolero espanhol saltitante e amoroso como o pé das sevilhanas.

CAPÍTULO 8

O GRITO AURIVERDE

Naquele tempo fazia-se a viagem de Santos a S. Paulo através do mato virgem. A serra que a Estrada Inglesa hoje corta, e por onde sobem os vagões bufando, só podia ser galgada a cavalo, dificilmente, penosamente. A jornada de d. Pedro fez-se por um dia magnífico. A serra inundada de sol encrespava a sua vegetação prodigiosa, de um lado e de outro do estreito caminho, aberto na mata, por onde os cavalos trotavam enchendo as grotas de ecos prolongados.

À frente da comitiva, o príncipe cravava de instante a instante as esporas no animal. Ao seu lado, seguia o comandante do regimento. O *Satanás* vinha mais para trás, com a capa voando ao vento, na impetuosidade do galope. Depois, atropelado e veloz, num grande estrupido, o regimento de cavalaria abalava a serra, voando.

Ninguém falava. O príncipe seguia preocupado por aquele novo aspecto que tomavam as coisas, impondo-lhe agora um procedimento cujas consequências ainda não se podiam prever. Esquecera-se já dos tristes sucessos da casa da rua do Conde. A princípio, o remorso lhe apuara o coração, vendo-se o causador daquela grande desgraça. Branca resistira com uma tenacidade que ofendera a sua vaidade de conquistador irresistível. Era a primeira mulher que opunha um obstáculo à satisfação de um desejo seu. Ferido no amor próprio, não recuou diante de uma violência. Nenhuma das outras recusara aquela honra, nenhuma! — estas, por amor, cedendo-se com paixão àquele belo fidalgo que governava o maior país da terra, e cujos lábios e cujas mãos tinham carícias tão novas, afagos tão doces; aquelas, por vaidade, amando-o por luxo, dando-se a ele pela satisfação de se sentirem princesas no breve espaço de um espasmo de gozo; outras, por imposição de maridos e pais ambiciosos, fazendo do corpo de uma esposa ou do corpo de uma filha sólidos degraus para a subida gloriosa do poder... Nenhuma das outras recusara aquela honra, nenhuma!

E era aquela criança tímida e fraca, era aquele pedacinho de gente, que lhe vinha cravar os olhos na face, atrevidamente, corajosamente, e dizer-lhe sem tremer: — Não te quero, não te desejo, não serei tua, porque não te amo, porque amo um outro que é mais belo, que é mais amante, que é mais forte do que tu!

Depois, quando vira entrar no quarto Paulo de Andrade, quando compreendera que era aquele o seu rival, o príncipe esperara-o a pé firme, olhando-o face a face, num ímpeto daquele seu belo temperamento, tão seu e tão nobre, que o faria afrontar todos os perigos, que o fez uma vez, mais tarde, sozinho, em S. Cristóvão, esperar na rua um homem que o ofendera, e retalhar-lhe o rosto a chicote.

Mas Paulo recusara, preferindo matar-se a erguer a mão contra ele.

E vendo-o morto, o príncipe, compreendendo que ia haver um escândalo, saiu daquela casa, fugindo do lugar onde fora procurar um gozo passageiro e onde ganhara um remorso terrível.

Agora, porém, essa preocupação fora sufocada por outras mais sérias. O homem desaparecera. Em seu lugar ficava apenas o príncipe, com toda a grave responsabilidade de uma conspiração política.

Era possível recuar? A guerra estava declarada. A tropa portuguesa capitulara no Rio e não tardava muito que capitulasse também em todo o resto do Brasil. O senado conferira ao príncipe o título de Defensor Perpétuo do Brasil; não lhe impunha esse titulo o dever de resistir a tudo e a sacudir de uma vez o jugo da metrópole? Não era defender o Brasil e, mais do que isso, salvá-lo, fazer com que ele se constituísse nação independente?

Quanto ao *Satanás,* a sua preocupação era de outra natureza; o desgraçado pensava na filha, de quem não sabia, de quem já não queria saber, atolada na desonra, roubada ao seu afeto.

O desejo de vingança enchia-lhe a alma de rancor; poderia numa hora de júbilo supremo roubar a vida a quem lhe roubara a felicidade? Conseguiria enfim satisfazer a sua única preocupação de agora, deitando a mão ao verdadeiro culpado?

D. Pedro interrompeu-lhe a meditação, chamando-o para junto de si.

— Dize cá, *Satanás!* Tens confiança no futuro?

— Por que não? É tão bom esperar, mesmo quando só há motivo para desespero!...

— Duvidas então do êxito da minha última aventura?

— Não! Não duvido... Era do meu futuro que falava e não do seu. O seu futuro é garantido: que motivo teria eu para duvidar dele?

— Também me parece isso. Demais, não foi só a minha ambição que trouxe os acontecimentos ao pé em que estão: foi também a fatalidade que preparou tudo, dando-me este papel, que não posso recusar, porque há muito tempo que o desejava e pedia a Deus. Agora é caminhar.

D. Pedro alongou a vista pelo horizonte. Agora, galgada a serra, rasgavam-se as planícies verdes, cheias de tufos de árvores, arrepiadas de outeiros, circuladas de montanhas.

— Será talvez o primeiro do mundo, este país que Deus me quis dar, na sua justiça infinita. Desgraçado de quem, chegado ao meio do caminho, tem medo do desconhecido e dá as costas ao que tem de vir. Eu já não posso parar. Vencerei o futuro, ou serei vencido por ele. Mas serás meu, país abençoado...

E, parado, sofreando a carreira ao cavalo, de cabeça erguida, belo e transfigurado, o príncipe teve um largo gesto que varreu todo o horizonte.

E abalou de novo, a todo galope, pela planície afora, como se quisesse chegar mais depressa a esse futuro que lhe sorria e que o chamava, acenando-lhe com uma coroa e com a glória da fundação de uma grande nacionalidade.

Depois de um longo silêncio, foi o *Satanás* o primeiro a falar.

— E já não é possível reprimir o ódio entre brasileiros e portugueses, senhor. São conflitos constantes, rixas de todos os dias. E só o que se deve recear. Se a população portuguesa reagir? Se mesmo a população brasileira recuar?

— Não recuará. Pois não foi o próprio povo quem me pediu que ficasse, exigindo que eu rompesse com meu pai?

— Não há que fiar no povo, senhor. O povo quer uma coisa hoje e outra amanhã. De mais, mesmo confiando no povo, não se devem recear as alternativas da guerra?

— Mas as últimas notícias são boas. Labatut, na Bahia, caminha de vitória em vitória. Venceremos.

E não falou mais, senão quando, no vale do Ipiranga, às margens do rio que se acachoeirava, espumando entre ribas de verdura, ordenou que se fizesse um pequena parada de descanso, antes de entrar na cidade.

Todos se apearam.

Na serenidade da tarde, as palmeiras bracejavam no ar. Havia uma grande suavidade no céu muito azul, limpo de nuvens, cortado de asas. Os cavalos saíram pelo campo, a pastar. Os soldados estenderam-se na relva, prostrados por aquela caminhada longa, ao sol forte de setembro. Abriram-se as garrafas de cana, acenderam-se os cigarros.

D. Pedro e *Satanás* falavam de Marta, da peixada de escabeche, da beleza de Maria.

— Homem, por falar em peixada... — fez d. Pedro, e disse uma coisa que fez o outro rir muito.

O príncipe riu também, e levantando-se, entrou numa moita.

Mais longe, na entrada do vale, levantou-se uma nuvem de poeira. Ouvia-se um galope. E, em breve, um cavaleiro apareceu. Ao chegar perto da comitiva, apeou-se, e deixou-se cair no chão, sem fala, coberto de pó, extenuado.

Tinham chegado a Santos, logo depois da partida do príncipe, novas notícias, ainda mais graves, ainda mais aterradoras.

Era ele quem as vinha trazer. Tinha viajado sem parar um instante, num galope louco pela serra acima.

O comandante do regimento foi procurar o príncipe. Encontrou apenas o *Satanás,* sentado numa pedra, cotovelos sobre os joelhos, face sobre os punhos, pensando.

— Onde está o príncipe?

O *Satanás* levantou os olhos e disse gravemente:

— Espere um pouco. Está ocupado. Foi apanhar uma parasita.

Quando o príncipe veio, não o surpreenderam as notícias. Confirmava-se o consta de terem sido os deputados brasileiros obrigados a fugir de Lisboa. Esses deputados eram Antônio Carlos de Andrade e Silva, Cipriano Barata, Lino Coutinho e Diogo Feijó. Antônio Carlos, em plena sessão das cortes interrompido num discurso, bradara num belo assomo de indignação: — Silêncio, canalha! Quando fala um brasileiro, ninguém o interrompe!

O governo português, diziam mais as notícias, dispunha-se a mandar uma esquadra para o Brasil, para reprimir a revolução. Era preciso agir, com a máxima urgência.

D. Pedro não pestanejou. Chamou o comandante.

— A cavalo! Forme o regimento!

E arrancou do chapéu o pendão azul e branco. Depois, tirou de uma árvore uma folha verde, listrada de amarelo, e, substituindo-a ao pendão, montou também a cavalo.

O regimento esperava, em linha, a voz de marchar. O príncipe estendeu o braço:

— A caminho!

E, com uma voz que ecoou longamente, na tarde radiante, pelas quebradas da serrania, soltou o seu grito de guerra: Independência ou morte!

CAPÍTULO 9

O INQUÉRITO

Mal chegado de São Paulo, depois daquele sucesso imprevisto da Independência, que abreviara a viagem de d. Pedro, *o Satanás* tratou de averiguar o caso misterioso da rua do Conde.

Remordia-o principalmente o remorso no relativo à Branca e ao abandono em que a deixara. Nem mesmo podia compreender como ele, o homem impassível e calmo, já afeito às vicissitudes da sorte e bem afamado pela imperturbável presença de espírito, que conservava durante os transes mais arriscados da vida, se tinha tornado quase doido, irrefletido e imprevidente.

A nada concluíam entretanto as suas primeiras pesquisas. Lá, na rua do Conde, a casa de Branca conservava-se impenetrável e quieta, com essa lúgubre fisionomia dos prédios misteriosos que foram o teatro de um crime. E, pela vizinhança, diziam-na apenas mal-assombrada, percorrida durante a noite por fantasmas alvadios de almas penadas, que vinham gemer a sua dor na encenação espectral das crendices populares.

Ninguém sabia de mais nada, e ninguém conseguira esbater luz sobre a treva apavorante daquele crime.

Mistério, mistério!

De Branca nem se ouvia falar. Talvez que ela tivesse remontado para o céu na compostura angelical de suas purezas.

E o *Satanás* debatia-se, cego e louco, apaixonado e fúnebre, na grande noite das ideias. Lembrou-se, entretanto, de d. Bias. Fora ele quem viera chamá-lo à bodega do Trancoso. E o magro fidalgo das Espanhas bem devia conhecer alguma coisa desse drama sanguinolento e inexplicável. Se ele nada pudesse dizer sobre a sorte de

Branca, relataria pelo menos o princípio dessa luta a que assistira, e que prostrara em terra o cadáver de Paulo de Andrade.

E o *Satanás* dirigiu-se para a tasca da rua do Piolho.

D. Bias lá estava.

Ninguém lhe dissera sobre a chegada do príncipe e sua comitiva. E ele supunha-se muito seguro, longe da espada de Pallingrini.

Ria a bom folgar.

A Domitila, recusando-se embora a pagar-lhe imediatamente os mil cruzados prometidos, recheava-lhe a bolsa, de constante, e permitia-lhe algumas diabruras, que o arredassem por momento da vigilância sobre a prisão de Branca.

E d. Bias fazia-se agora de pagador, e falava alto e fanfarronava à vontade entre aquela gente que lhe ia escorropichando os pichéis.

Fez-se branco, pois, trêmulo como um esqueleto de museu agitado pelo vento, quando o *Satanás* bateu-lhe ao ombro fortemente.

Mas recuperou logo a presença de espírito. Estava diante do inimigo. E se lhe faltava a coragem de desembainhar a nunca desembainhada durindana, compreendia a necessidade de esgrimir a mentira — a única arma que ele sabia manejar.

— Bem hajas pelo teu regresso! — disse. — Tu desapareceste de repente, e eu tinha, entretanto, importantes comunicações a fazer.

— E eu ando à procura dessas comunicações — fez o *Satanás* com a voz soturna, sentando-se do outro lado da mesa e esvaziando um copo que ali estava.

— Então, pergunta. As minhas ideias, assim, se concatenarão melhor e com mais vantagens para ti.

— Pois bem! O que é feito de Branca?

— Que Branca?

— A minha filha! Aquela moça loura que desapareceu bruscamente depois do crime da rua do Conde.

— Era tua filha?

— Sim.

— Pois não sei! — afirmou d. Bias resolutamente.

Descobrindo que a sua encarcerada era filha do *Satanás*, o magro fantasma de d. Quixote teve ímpetos de revelar-lhe tudo.

Perpassou-lhe no cérebro a ideia de ajoelhar-se, de rojar-se ao chão, de dizer ao escultor:

— Tua filha! Sou eu quem a tem prisioneira. Mas perdoa-me. Eu, só eu te a posso restituir. Vem comigo. Vem buscá-la. Mas perdoa-me. Conserva-me a vida. E dá-me os mil cruzados que a Domitila me prometeu.

Mas d. Bias amava Branca. A meiga e triste filha do *Satanás* deixava que ele a abraçasse. Sorria numa alegria infantil de louca. E muito baixinho dizia-lhe ao ouvido uma suave cantilena de amores: — Paulo! Meu Paulo!

Por isso ele afirmou:

— Não sei.

O *Satanás* não lhe permitiria com certeza o prolongamento desses idílios de prisão. E d. Bias amava Branca.

Também o outro não insistiu.

Não eram essas propriamente as revelações que esperava. Perguntara por perguntar, para dar saída a essa ideia que o obsedava, que lhe fazia o mais forte e o mais insistente das preocupações. E, sem mais referir-se ao caso, continuou o inquérito relativamente aos pródromos do drama.

— Como soubeste que lá em cima, na minha casa, havia gente a se matar?

— Eu te conto, *Satanás*. Eu conto.

— E toma tento em ti. Fala a verdade. Por que se não...

E um grande murro sobre a mesa completou-lhe o pensamento.

D. Bias começou assim:

— Naquela noite, sabia de uns amores misteriosos, que não te relatarei nem por quinhentos milhões de diabos, nem que venha o inferno todo inteiro em guerra aberta contra mim, porque sou fidalgo das Espanhas e nunca meus lábios traíram o segredo da reputação de uma mulher.

O *Satanás* olhou-o muito sério, com a força violenta do seu olhar de fogo.

— Escuta!, d. Bias. Trata de dizer-me a verdade e deixa-te dessas retóricas.

— Mas...

— O melhor é perguntar. O que fazias tu na rua do Conde por aquelas horas da noite?

D. Bias, então, sentiu uma grande necessidade de expandir-se, de dizer a verdade toda inteira àquele homem que ele se habituara sempre a temer, que o dominava com todo o prestigio da sua força, e que estava ali, defronte dele, a crestá-lo com a chama insistente do seu olhar de fera.

E disse tudo. Disse como d. Pedro o chamara para uma empresa amorosa, como eles se tinham ido postar diante da casa de Branca, como o tinham visto a ele, *Satanás,* entrar e sair, como tinham entrado depois, como tinham garrotado e amordaçado d. Emerenciana, como o príncipe subira e estivera lá em cima a sós com Branca, como a casa tinha sido assaltada pelo valente capitão das guardas, como ele, d. Bias, tinha fugido e vindo lhe pedir socorro.

— Miserável! — praguejou o *Satanás.*

E, para saciar logo a sua sede de vingança, para dar aos músculos nessas grandes tempestades de ideias que lhe espatifava o cérebro, o escultor suspendeu d. Bias pela cintura e atirou-o com durindana e tudo para o meio da sala.

Depois saiu, possesso, louco de raiva, qual fera bravia em cio de vinganças.

D. Bias levantou-se, a mão aos copos da espada, numa compostura honesta de homem insultado, que exige uma reparação imediata e sanguinolenta.

— Por S. Tiago de Compostela! Os fidalgos não fazem assim! Brigam lealmente e não fogem como este *Satanás* de todos os infernos.

Lá fora Pallingrini foi-se acalmando com a frialdade da noite.

O vento caía-lhe sobre as faces como uma ducha, chamando-o à realidade da vida. E ele fez-se mais quieto, diminuiu o passo, que trouxera acelerado até então, e pôs-se a meditar.

Queria uma vingança, vingança completa, vingança de italiano.

Branca! Ela deveria estar em poder do príncipe. E era preciso reavê-la. Para isso não havia brutalidades e violências que produzissem resultado. Ele tinha necessidade de fazer-se manhoso e hipócrita. D. Pedro seria agora o seu mestre. Ele soubera tão bem compor a fisionomia traidora e fazer-se amigo e confidente naquela recente viagem a Santos, que bem valia a pena imitá-lo.

E, depois... depois, quando à força de vigilância e de astúcia ele tivesse descoberto o esconderijo onde o príncipe lhe guardava a filha, quando tivesse abraçado Branca, quando readquirisse a posse daquele amor imaculado e puro, ideal e santo de pai, depois... viria a luta, luta de gigantes, para a qual ele traria toda a energia do seu temperamento e toda a audácia nunca desmentida do seu viver.

Não lhe bastava a morte de d. Pedro. D. Pedro era valente. E, para ele, a morte era apenas esse fatal desenlace da vida que não assusta aos fortes e que o homem procura muitas vezes.

Para que matá-lo?! Embora o horóscopo fatídico da cigana aí estivesse a dizer que um dos dois devia morrer pela mão do outro, ele não queria matar o príncipe. Queria-o miserável e vencido, morto no seu orgulho, arrastando uns dias infaustos de vilipêndio, martirizado por essa angústia de abatimento que é o suplício dos fortes.

E, horrivelmente calmo, como o espetro sinistro das vinganças, ele cortou as trevas da noite com um gesto largo de ameaça.

CAPÍTULO 10

PARA VINGAR

O *Satanás* vivia infeliz nas suas pesquisas para descobrir o paradeiro de Branca. Por mais que se fizesse a sombra de d. Pedro, por mais que o seguisse em todas as costumeiras migrações noturnas, por mais que se lhe pusesse debruçado sobre o espírito a acompanhar-lhe a sucessiva eclosão de ideias, não conseguira nunca descortinar um bocadinho desse mistério, que ficava para além, sepulto no abismo apavorante dos segredos.

Vinham-lhe por vezes dúvidas, suspeitas de que d. Bias tivesse mentido, vontade de sujeitá-lo a um novo inquérito, planos de prendê-lo e de arrancar-lhe a verdade até mesmo pela tortura.

Mas d. Bias desaparecera. Ninguém mais o encontrava, nem lá na bodega do Trancoso, nem pelos outros lugares por onde ele gostava antigamente de passear a sua longa durindana ferrugenta. Fizera-se caseiro. E, ali nos fundos do convento do Carmo, enlevava-se todo no amor da sua encarcerada, contente da vida, porque a Domitila nada resolvia sobre a infeliz louca, porque davam-lhe bom repasto, e porque estava a seguro de um encontro com o escultor.

Falto dessas informações, desse caminho único para a descoberta da verdade, o *Satanás* tinha também, por vezes, ímpetos de interpelar o príncipe, de ir diretamente a ele para a luta suprema das vinganças paternas. Aproveitaria o ensejo de uma alta noite, naquela hora em que os dois costumavam estar sozinhos, e em que o vinho e a mulher fazem a palavra expansiva e franca, volutuosamente escorregando pela língua para o diálogo amigável das confissões. E então seria brutal, violento como um pai ultrajado que se arma com a plenitude dos seus direitos e com o instinto das suas obrigações.

Oh! Ele bem saberia ritmar a grande vibração sonora das suas reclamações e dos seus discursos, ele bem saberia como falar com a voz repassada de confrangimento, pontuada de gritos e de imprecações. Para isso bastava que deixasse transbordar toda inteira a dor sofrida que lhe ia na alma.

Mas não convinha. D. Pedro não se sujeitaria a ouvi-lo, e nem tinha remédios para curar-lhe o sofrimento, porque não há bálsamo que chegue para suavizar a ferida feita nesse amor de pai, imaculado e puro, divinal e casto.

Por isso, ele, *Satanás*, queria a vingança.

Os sucessos políticos, cuja confidência lhe era diariamente feita e em que andava completamente envolvido, vinham servir-lhe, a mais não ser, nessa obra sinistra de vinditas que estava longamente planejando. Eles eram a apoteose do príncipe que o povo aclamava; podiam tornar-se a derrota do seu orgulho e a morte para sempre da sua individualidade sepultada nas trevas de um cárcere.

E o *Satanás* sonhou primeiro com a reação portuguesa. As tropas lusitanas ainda estavam aqui, luzidias e valentes, bem afamadas na disciplina e respeitadas pelo povo.

Bem certo que Jorge de Avilez quietava-se irresoluto, não sabendo que partido eleger, receoso de optar entre as cortes e o príncipe herdeiro de Bragança. Para determiná-lo a uma reação pronta e imediata, o Pallingrini teve então uma dessas ideias diabólicas, que só a ele podiam acorrer. E numa carta incisiva que dirigiu ao general português, narrou a história de uns amores de d. Pedro, que tinha penetrado até a câmara nupcial do tíbio comandante lusitano.

Este, ferido em seus brios e em sua honra, louco de dores, preparou-se então para reagir. Mas abortou logo em princípio o movimento que projetara. A milícia, principalmente a milícia de Niterói, cercou a divisão lusa e obrigou-a a capitular e ir aquartelar-se na Armação, até que se aprestassem vapores para recambiá-la para a Europa.

O *Satanás* tratou então de aproveitar os elementos nacionais que se congregavam em torno da *Sociedade Tenebrosa do Apostolado,* e que desde o começo fundamentara o dogma do nativismo.

Aí iniciado, ele tornou-se um dos maiores propugnadores da ideia, tratando de aliciar adeptos e enredando o Rio de Janeiro numa vasta conspiração, a que faltava apenas um chefe, com coragem e audácia, para fazer a Independência de uma só vez e completamente.

O seu principal trabalho, porém, trabalho surdo de alcoviteiro que intriga e sabe o segredo amoroso da alma humana, foi a rivalidade que estabeleceu entre a Domitila e a irmã. Dessa luta de mulheres que lutavam dentro do coração do príncipe, devia necessariamente resultar a devastação do campo de batalha.

E era isso o que ele queria, isso o que esperava como primeiro suplício na senda tormentosa de desgraças que estava preparando ao régio boêmio de Bragança.

D. Pedro era o *Archonte Rei do Apostolado.* Chefe supremo da poderosa sociedade, fora nela que encontrara o mais sólido apoio para as suas ambiciosas pretensões. E mal podia ele imaginar que dali mesmo partiria o primeiro golpe contra o seu poder.

Foi a própria Domitila quem o preveniu do perigo. D. Bias, que, temendo o *Satanás,* o considerava inimigo, começou também a frequentar as sessões da *Sociedade Tenebrosa* e chegou ao conhecimento da trama que se urdia. A Domitila, possuidora do segredo, não hesitou: mais do que o seu despeito de amante enganada pôde o seu amor e pôde a sua ambição. Contou tudo ao príncipe.

Dai a dois dias, o *Apostolado* devia reunir-se em sessão magna.

O príncipe dispôs-se a golpear de morte nesse dia a instituição que o queria prender.

Foi numa segunda-feira. As sete horas da noite, ninguém diria, ao passar pelo velho quartel da Guarda Velha, que havia ali uma reunião de mais de quinhentas pessoas das mais altamente colocadas da política, do exército e do povo. A casa estava às escuras, com todas as janelas fechadas.

De quando em quando, um vulto chegava, embuçado, e batia três pancadas à porta. A porta abria-se, e o vulto entrava, perdendo-se no corredor escuro, depois das palavras sacramentais do santo e da senha.

— S. Pedro!

— Amor e Fidelidade!

A sala de sessão ficava ao fundo da casa. Chegava-se lá depois de percorrer três longos corredores, através do quartel.

Era uma enorme sala, toda forrada de tapeçaria negra e iluminada apenas por um enorme lustre negro que pendia do teto, e onde ardiam dezenas de velas. Ao fundo erguia-se um estrado, onde duas largas cadeiras e uma pequena mesa esperavam o *Archonte Rei* e o acólito. Sobre o estrado, no fundo negro da parede, destacava-se, bordado a vermelho, o símbolo da sociedade: um triângulo, cercado por uma facha, onde se lia — *Soc. Ten. do Apos.* — e em cujo centro ocultava o desenho de uma espada e de um machado, cruzando-se.

As cadeiras dos camaradas estendiam-se em quatro grandes semicírculos, pela sala negra, abafada, onde a voz ecoava longamente, não achando por onde sair. E reinava em tudo aquilo um pavor, que pesava na alma...

Já quase todas as cadeiras estavam ocupadas. Todos os camaradas vestiam túnica negra, com o símbolo vermelho ao peito.

Quando o *Satanás* entrou, a primeira pessoa que viu foi d. Bias.

O fidalgo espanhol era a figura mais sinistra de toda a sala. Estava a um canto, encarapitado na cadeira, com os joelhos pontudos e salientando-se na túnica, e com um eterno movimento de queixos, como se estivesse murmurando uma oração. Quem o via, pensava que d. Bias estava rezando. Engano: d. Bias estava comendo biscoitos.

O *Satanás* parou e deixou cair pesadamente a mão sobre o ombro do carcereiro de Branca. D. Bias ficou pálido como um cadáver, batendo os dentes e unindo as mãos, num gesto de súplica. Mas, o *Satanás* fez-lhe um sinal de ameaça e foi sentar-se no seu lugar.

Ah! Não tardava muito, não tardava muito! Em breve a porta se abriria, e *ele* apareceria, confiado e calmo, sem esperar que daquela casa partisse a sentença da sua condenação. E quando d. Pedro — o poderoso — se visse diante daquele oceano de quinhentas cabeças, todas agitadas de ódios, todas regularmente e implacavelmente sacudidas numa negação absoluta de apoio, ele, *Satanás,* o fraco, o vencido, o cão rafeiro, exultaria na sua fraqueza e na sua pequenez...

Mas a hora aproximava-se. O acólito — Máximo Régulo — fora tomar o seu lugar no estrado. Um sino vibrou três pancadas, agudas e rápidas. Todos se levantaram. Um grande silêncio pesou na sala. A porta abriu-se de par em par. E, só, vestido como os outros, na túnica negra e simples de camarada, d. Pedro entrou serenamente empunhando a sua insígnia *de Archonte Rei* — um bastão de marfim, marchetado de ouro. A fisionomia do príncipe não revelava a menor agitação interior. Caminhou até à mesa.

— Deus te guarde, camarada! — elevou-se a voz do acólito.

— Leve-te o diabo, traidor! — soou no grande silêncio da sala apavorada a voz soturna do príncipe.

E, antes que alguém tivesse tempo de voltar a si da surpresa, d. Pedro abriu a pasta que se achava sobre a mesa, revolveu os papéis, guardou-os consigo.

E, erguendo o bastão, gritou:

— Saiam!

CAPÍTULO 11

ÀS CLARAS

Quando o príncipe saiu de dissolver a *Sociedade Tenebrosa do Apostolado,* onde penetrara com a mesma audácia de Cromwell no parlamento inglês, o *Satanás* foi acompanhá-lo, já precavido de respostas contra as naturais recriminações que devia receber, desejoso de não se desligar nunca daquele cuja queda vivia preparando.

D. Pedro, sombrio e taciturno, caminhando para o Paço, apressadamente, não lhe dizia sequer uma palavra. E os dois seguiam, como nas noitadas de sempre, um ao lado do outro, muito amigos para os raros transeuntes que os viam e que deles respeitosamente se afastavam.

E, chegados que foram a régia habitação, penetraram, como sempre, por uma porta escusa, situada por baixo do passadiço que ligava o palácio ao velho convento do Carmo.

Nada, enfim, parecia indicar qualquer alteração na vida de ambos. A mesma ceia, que os esperava todas as noites, estava servida num aposento contíguo, térreo e um pouco úmido, espaçoso e cheio de armários.

Sentaram-se.

Depois da primeira libação, d. Pedro encheu novamente os copos, e, erguendo o seu, disse, maliciosamente, com um sorriso triste de homem que assistiu ao despedaçamento das próprias ilusões:

— À tua amizade! *Satanás.*

— À nossa!

— Sim. À nossa. Eu acredito na reciprocidade de sentimentos entre nós. Liga-nos um mesmo destino. E já a velha feiticeira do

Valongo tinha profetizado que algum dos dois devia morrer pela mão do outro. — E acrescentou: — Mas, dize-me cá uma coisa! Por que me odeias tu?

— Senhor!

— Não. Não negues. Nem é próprio de ti, nem eu acreditaria nas tuas afirmações e nos teus protestos.

O *Satanás* fez um gesto vago e incerto de significação.

— O teu ódio! — continuou o príncipe -, eu o tenho sentido de certo tempo a esta parte, pertinaz e insistente sobre mim. Eu o reconheci até no teu andar e na tua voz, por essas longas noites que temos vivido juntos derradeiramente.

— Qual, senhor! Eu sou novamente vítima de intrigas. O príncipe bem sabe que foi sempre invejada a confiança que me dispensava. E agora, como das outras vezes, seja-me permitido esperar que eu saia desta aventura reabilitado, como sempre me tem acontecido, na sua estima.

— Bem vontade tinha eu que assim fosse. Tu não sabes como é triste e amargo o brusco despedaçar das amizades longamente cimentadas. Tu não sabes como faz sofrer o espetáculo da ingratidão humana.

— Mas nesse caso, basta-lhe querer, basta-lhe examinar os fatos, para reconhecer que a minha dedicação nem por um momento deixou de acompanhá-lo. Eu estava, é certo, lá no *Apostolado,* mas lá estava para bem servi-lo.

— Não, *Satanás!* Tu lá não estavas para me servir... Mas também não é essa a grande acusação que te faço, não é por isso que venho falar-te do teu ódio.

— Então! Por quê?

— Por quê? Mas não basta, por acaso, esse teu olhar; olhar que espeta, quando o olhar do amigo tem veludo e maciez para o repouso da nossa individualidade toda inteira?

— Senhor!

— Não — fez o príncipe. — Não protestes. Escuta-me.

E d. Pedro, nervoso, agitado, começou a passear pelo quarto o seu grande vulto esbelto de homem bem feito.

Depois, voltando à mesa, ele parou, um pé sobre a cadeira e o queixo repousando sobre a mão longa e fina de fidalgo. E pôs-se a olhar demoradamente para o *Satanás.*

Este nem se movia, impassível e quieto. Refluíra-lhe para o cérebro, numa pertinaz concentração de ideias, toda a força vital do seu querer. E estava meditando, estava procurando o desenlace desta cena que vinha perturbar-lhe a serenidade vingadora dos planos longamente projetados. Sentia por vezes ímpetos de atirar para longe a máscara da comédia, que a força das circunstâncias o obrigava a representar; desejos de ser ele mesmo nobre e altivo, como sempre fora.

Mas a imagem de Branca perpassava-lhe pela imaginação, destacando-se da treva absoluta do mistério como um pedido solene de vingança. E ele retesava os músculos na rigidez suprema da calma, porque a hipocrisia era a única arma que podia manejar contra aquele príncipe, desde o momento em que lhe não bastava a morte de um homem para fazer o sossego e a paz da sua vida, sempre condenada para a dor.

D. Pedro, porém, continuou:

— Escuta-me, *Satanás!* Eu primeiro quero dizer-te todo o sofrimento que me vai na alma com esse fúnebre desenlace infalível da nossa velha amizade. Porque eu muito te amei. Foste tu quem me ensinou o manejo das armas, quem acordou em mim esse velho instinto belicoso e aventureiro que fez a glória dos meus avós remotos, mas que os Braganças de agora iam esquecendo no espólio da sagrada herança de família. A ti eu devo enfim ser o que sou — esse rei cavaleiro da raça de Francisco de França, que muitos Pavias podem derrear, mas que sai sempre incólume, abroquelado na sua valentia para salvar a sua honra.

E o príncipe fez uma pausa longa e demorada.

— Devo-te isso tudo — acrescentou depois. — Mas tudo isso te tenho pago em confiança e amizade. E tu, entretanto, só porque um dia eu fui roubar-te a amante, tu te fizeste mesquinho e vil, indigno da minha companhia, porque não tens coragem de lutar frente a frente contra mim, porque te embuças no anonimato covarde das conspirações.

E mais violento:

— Eu posso ser amigo do meu adversário. Mas desprezo o hipócrita que maquina nas trevas.

— Pois bem, senhor! Cartas na mesa — disse o *Satanás,* levantando-se.

— É assim que eu gosto de jogar as partidas.

— Então, diga-me primeiro: onde está minha filha?

— Tua filha! Quem é tua filha?

— Quem é minha filha! — gargalhou *Satanás* na sua gargalhada louca de velhas armaduras que rangiam. — Quem é minha filha! — E resfolegou longamente, para continuar depois:

— Miserável sedutor! Hipócrita tu mesmo! Mentiroso e covarde!

D. Pedro avançou para o escultor.

Este deteve-o, porém, com um gesto forte de comando.

E prosseguiu:

— Eu vi-te, sem desonra para ninguém, penetrar na câmara nupcial destes fidalgos. Queriam ouro e brasões heráldicos, e tu levavas-lhe uma cornucópia toda inteira para lhes satisfazer a ganância e as aspirações. Eu vi-te descer ao mais baixo dos bordéis, onde a moeda de prata chega muitas vezes para saciar os apetites de um homem. Somente houve um lugar onde eu nunca te conduzi, cuja porta eu defenderia contra os teus pedidos e contra as tuas ameaças. Era o asilo da inocência e da candura. E foi lá que tu foste buscar minha filha!

— Tua filha! Tua filha! Mas fala! Eu não te entendo.

— Covarde! Tu me dizias ainda há pouco que eu me escondia para conspirar! E que fazes agora? E que fizeste tu?

O príncipe recuou dois passos, subjugado pelo olhar do *Satanás.*

E este continuou ainda, imprecativamente:

— Sim, eu te odiava e te acompanhava, colava-me a ti como a tua sombra, porque quero saber onde ocultas a minha filha, a pálida e meiga filha dos meus amores, que todos deviam adorar de joelhos, e que tu profanas com o teu hálito envenenado de crápula.

— Mas eu não sei de tua filha, e nem sabia que ela era tua...

— Tanto te rebaixaste que chegas a mentir! Amar Branca deveria ser entretanto a purificação das almas perdidas. Aquela criança tem tanta inocência e tanta candura, que o seu amor deve chegar para o perdão de Deus caindo sobre os infernos como bálsamo caindo sobre feridas. Mas tu, miserável que és, e miserável que nasceste! Tu não pudeste te redimir nas asas brancas daquele anjo, que sempre e sempre parece remontar-se para os céus. E te acovardas, e tremes perante a voz vingadora do pai que se ergue contra ti, como a verdade possante da justiça.

— Cala-te — bradou d. Pedro. — Por Deus! Cala-te, *Satanás!*

— Ah! Tens medo de me ouvir! Tens medo que eu te escarre ao rosto toda a tua infâmia!

— Cala-te — repetiu o príncipe, desembainhando a espada e investindo contra o outro -, cala-te!

O *Satanás* precaveu-se a tempo e aparou o bote com a sua arma de boa lâmina florentina.

E a luta começou, então, hercúlea e titânica. Mestres ambos e conhecedores dos segredos da esgrima, eles digladiavam-se silenciosamente, muito calmos, na grande exuberância vital das suas paixões.

Ouvia-se apenas o estuar das respirações arquejantes.

Mas, de repente...

CAPÍTULO 12

FERIDO!

...Branca apareceu à porta, com os olhos desmedidamente abertos, os cabelos soltos sobre o vestido malcuidado e roto. Muito pálida, de olheiras roxas, aparecendo de súbito na moldura da porta, a filha de Pallingrini parecia um fantasma.

Por detrás dela, percebia-se a fisionomia de d. Bias, com a pera trêmula, oscilando no queixo, e os bigodes arrepiados por um calafrio de medo.

Assim que terminara, dissolvida pelo príncipe, a sessão do *Apostolado,* d. Bias fora um dos primeiros a sair. Pusera-se a caminho para o Carmo, onde Branca continuava prisioneira. E, ruas afora, d. Bias pensava nela, monologando:

— Amo-a! (levantava um braço), idolatro-a (e levantava o braço), idolatro-a! (e levantava uma perna), venero-a (e agachava-se todo).

De espaço a espaço, um lampião de azeite projetava na rua uma larga toalha de luz. E a sombra de d. Bias estendia-se fantástica, desconjuntada, sacudida de gestos frenéticos, numa pantomima macabra.

— Ó flor mimosa! Pérola divina! (punha os dedos na boca, enviando através da noite um longe beijo apaixonado) O meu peito é uma frágua! (dava um murro no peito) Ah! Como é que eu, que tenho vencido tantos homens (segurava a durindana), não te consigo vencer! (abria os braços desoladamente).

Um homem que passava gargalhou, vendo a gesticulação de d. Bias:

— Ó borracho! Vai cozinhar a bebedeira!

O fidalgo espanhol tornou a si: estava diante da tasca do Trancoso. Por hábito, as suas pernas tinham-no trazido até ali, ao Piolho, quando o seu destino era o Carmo. D. Bias, porém, não quis perder a viagem. Parou de pernas abertas, passou três vezes a mão pela testa, suspirou:

No hay como una libación,
A un aflicto corazón.

E entrou na bodega, onde ficou duas horas afogando os suspiros no pichel.

Quando saiu, fraqueavam-se-lhe as pernas. Andava tudo à roda.

— Caramba! Que há um terremoto! Mas não tremas, terra, que não te faço nada!

E, ao luar, cai aqui, levanta acolá, caminhou para as bandas do Carmo, mandando às estrelas a sua voz avinhada:

Si de tu hermosura quieres
Una copia con mil gracias,
Escucha, porque pretendo
Yo pintarla!
Amor labró de tus cejas
Dos arcos para su alaja,
Y debajo ba descubierto
Quien lo mata!
Eres dueña...

— Em guarda! — berrou ele, interrompendo a cantiga, e recuando, ao ver um vulto negro postado na rua, à sua espera.

Sacou da bainha a durindana. Mas o vulto continuava imóvel. D. Bias tremeu:

— Nobre fidalgo! Eu não faço mal a ninguém... deixe-me passar em paz!

Como o vulto não se mexesse, d. Bias animou-se a caminhar um pouco. O vulto era um poste de lampião. D. Bias gingou, destemido e bravo:

— Caramba! *que se fuera un hombre...*

E seguiu.

Eres duena del lugar,
Vandolera de las almas,
Iman de los alvedrios,
Linda albaja...
Aho! aho! aho!
Un rasgo de tu hemosura,
Quisiera yo retratarla,
Que es estrella, es cielo, es sol;
No, es sino el alva...
Aho! Aho! aho!

Ao chegar ao Carmo, d. Bias enveredou às cambalhotas pelos corredores. De repente, estacou. Uma voz triste cantava, no vasto silêncio do convento adormecido. Era a voz de Branca:

E nas asas de um suspiro,
Que te vai meu coração...

D. Bias ficou quieto, na treva, muito furioso consigo mesmo por estar se comovendo.

Mandei cercar de saudades...
Uma lágrima caiu no bigode de d. Bias.

Mandei cercar de saudades
As bordas do teu caixão...

Um soluço irrompeu do peito de d. Bias.

Fica em tua sepultura
Velando minha paixão...

E d. Bias, chorando como um cabrito desmamado, abriu a porta e entrou na prisão de Branca, murmurando:

— Pela senhora de Valladolid! Nunca mais bebo, caramba! Que eu, quando bebo, é isto: fico um bolas!

Branca, assim que viu d. Bias entrar, correu para ele, de braços abertos:

— Paulo! Paulo! Paulo!

D. Bias abriu também os braços, com um grande derretimento amoroso na face. Ela abraçou-o: ele deixou-se abraçar. Ela beijou-o: ele deixou-se beijar.

— Amo-te! Amo-te!... — murmurou a louca.

D. Bias não pôde mais. Atirou-se de joelhos, mas embaraçou a espada nas pernas, e estirou-se no chão a fio comprido.

— Eu também te amo, donzela!

Levantou-se, agarrando-se às saias da moça, pôs-se de joelhos, e com a voz embargada pelos soluços:

— Donzela! Vamos procurar teu pai! Que ou meu tetravô não foi lugar-tenente do Cid ou tu te hás de chamar d. Branca de Bias! Vamos, donzela, vamos procurar teu pai!

E, sem refletir, bêbado de amor e de Cartaxo, arrastou a moça para fora do quarto.

Sim! Ele não era homem para essas bandalheiras. Ora, já se tinha visto? Um fidalgo das Espanhas fazer sofrer uma donzela que amava! Nada! Ia ao pai! Ia ao pai! O *Satanás* devia estar no Paço, com o príncipe. Chegava lá, entregava-lhe a filha, desmanchava toda aquela pouca vergonha, atirava-se aos pés do príncipe e bradava-lhe. — Perdão! O príncipe perdoava-lhe, ele pedia ao *Satanás* a mão da filha, o *Satanás* concedia-lhe, casavam, seriam felizes, amar-se-iam, teriam muitos filhos... Oh! Muitos filhos! Muitos filhos! E a sua família não morreria com ele, e aquele nome de Bias, tão célebre na história da Espanha e nas bodegas dos Mansanares, continuaria a sua marcha triunfal, através dos séculos, boquiabrindo as gerações futuras!

Era este o sonho que bailava, entre os vapores do vinho, na cabeça de d. Bias, enquanto arrastava Branca pelos corredores do Carmo.

Na rua, quis dar-lhe o braço: ela desatou a correr pela rua do Carmo.

D. Bias voava:

— Oh! Não me fujas, sonho de poeta!

Era uma coisa fantástica, pela rua deserta aquela corrida vertiginosa de uma mulher de cabelos soltos e de um fantasma negro, que berrava como um possesso:

— Donzela! Virgem! Menina!

Branca tropeçou e caiu. D. Bias tomou-a nos braços, e seguiu para o Paço. Agora, Branca continuava a abraçá-lo, a chamá-lo de Paulo.

D. Bias encontrou aberta a pequena porta lateral, muito sua conhecida, por onde o príncipe costumava entrar a desoras. Dessa porta partia um corredor que ia ter a uma sala do rés-do-chão. Havia luz nessa sala. E, mesmo de longe, d. Bias ouviu um retinir de armas.

À porta, pararam. Muito pálida, de olheiras roxas, com os olhos desmedidamente abertos e os cabelos soltos sobre o vestido malcuidado e roto, a filha de Pallingrini parecia um fantasma: e, por detrás dela, percebia-se e fisionomia apavorada de d. Bias, com a pera trêmula, oscilando no queixo, e os bigodes arrepiados por calafrio.

D. Pedro e *Satanás* não tiveram tempo de suspender o combate. Branca atirara-se para eles. Mas, d. Bias muito cansado e muito excitado, atirara-se também, agarrando-a. E a espada de d. Pedro cravou-se no ombro direito do fidalgo espanhol, que se deixou cair, urrando:

— Estou morto!

O *Satanás,* reconhecendo a filha, tomou-a nos braços, de um salto, e fugiu com ela. E só ficaram na sala o príncipe de pé, imóvel, sem saber o que devia fazer, e d. Bias estendido no chão, sem dar acordo de si.

Não foi longa a hesitação do príncipe. Fez vibrar uma campainha. Um criado fiel apareceu.

— Vai já buscar curativos.

E, ficando só, d. Pedro abaixou-se, levantou d. Bias, estendeu-o no sofá.

O descendente do lugar-tenente de Cid voltou a si, jurando que tinha morrido. O criado curou-o. A ferida não era muito grave: a lâmina tinha encontrado a omoplata e não pudera penetrar muito. Mas d. Bias afirmava que tinha morrido, e enchia a sala de lamentações.

— Ouve, servidor fiel: ficas agora autorizado a dizer a todo o mundo que viste d. Bias às portas da morte e que não o viste tremer. Somos todos assim na família: morremos todos por amor e sem chorar. Meu tetravô, lugar-tenente de Cid, morreu na batalha de Bácaras. Viu-se cercado por quatro bárbaros, que lhe vibraram quatro estocadas, que se lhe meteram todas quatro no coração; pois o herói não caiu. Mandou chamar o tabelião, fez testamento, confessou-se, e só morreu quando achou que já podia morrer.

— Bem! Mas durma, sossegue!

— Ouve! Digo-te eu que me ouças! Foi esse o único meu avô que não morreu por causa do amor: minto — morreu por causa do amor da pátria. Meu pai, por exemplo, morreu mártir do amor: amava minha mãe, queria casar com ela, não pôde casar, e morreram os dois virgens um do outro!... Oh! O amor! O amor! O amor!

E, já quase adormecido, prostrado de fadiga, d. Bias tartamudeou ainda com uma voz chorosa:

— Homem, não há nada por aí que se coma?

CAPÍTULO 13

ESTÁTUAS

O *Satanás,* ao sair do Paço, levando consigo a filha, parou um momento no largo, procurando apertar o coração para lhe conter as palpitações.

Ah! Parecia incrível aquilo... tê-la de novo, louca embora, embora desonrada, mas tê-la enfim, poder de novo apertá-la nos braços, purificá-la com o batismo dos seus beijos, tentar à força de carinhos e de afetos restituir-lhe a razão e a felicidade.

O outro vencera... que importava? O essencial para ele era possuir de novo a filha.

Amanhecia. Perto o mar cintilava espumando contra o cais. Passavam negros descalços, nus da cintura para cima, carregando os tigres, barris cuidadosamente fechados e ainda assim empestando o ar. O largo começava a encher-se de trabalhadores e catraieiros.

O *Satanás* compreendeu que era preciso sair dali. Podia causar suspeitas a sua presença naquele lugar, ao lado de uma mulher, cujo estado de loucura se via logo no desvario do olhar, no desalinho das roupas, no desordenado dos gestos.

E, arrastando consigo a filha, caminhou para o cais.

Um catraieiro acorreu logo:

— Uma canoa, patrão?

— Sim e depressa.

Mas, o catraieiro, um brutamontes espadaúdo e barbado, de camisa de flanela branca listrada de azul, olhava agora com desconfiança para o *Satanás.* Via-se que hesitava, com receio de se ver comprometido em algum crime: receava conduzir aquele homem suspeito e aquela mulher de fisionomia estranha e de vestido ensanguentado, porque o pouco sangue perdido por d. Bias caíra sobre ela.

— Então! Que é que esperas?

— Eh! Patrão! Quem é você?

— Homem, vamo-nos embora e deixa-te de falar, bruto! — gritou-lhe o escultor, metendo-lhe na mão uma moeda de ouro.

Não hesitou mais o catraieiro. Saltou para a canoa e ajudou a descer Branca e o pai.

— Pra onde arriba, patrão?

— Para a Lapa. Depressa.

Daí a pouco, saltavam os dois, pai e filha, na praia da Lapa, e entravam, por uma porta baixa, numa casa espaçosa, cheia de janelas.

Era o *atelier* do *Satanás.*

Sentia-se, desde a entrada, um cheiro incômodo de mofo, um ar abafado de casa longo tempo fechada, onde ninguém mora, onde ninguém vai. Ao entrar na sala principal, foi necessário que o escultor corresse imediatamente a abrir as janelas, tão forte, tão sufocante era o cheiro do gesso mofado.

Havia muito tempo que o *Satanás* não entrava ali. O seu tempo andava ocupado em outras coisas, nas correrias noturnas com o príncipe, nas conjurações, nas vigílias vagabundas pelas tavernas e pelas casas de batota. Pallingrini era um nevrótico. Passava meses inteiros na convivência única do copo e da espada, numa boêmia infernal, cheia de bebedeiras e de duelos, sem se lembrar da sua arte. De repente, vinha ao *atelier,* fechava-se lá oito dias, começava com entusiasmo uma estátua, um busto, trabalhava com ardor, numa impaciência febril, numa alucinação doentia, aborrecia-se, atirava ao chão a pá de modelagem, dava um pontapé no camartelo, e voltava a atirar-se à vida airada, deixando a obra incompleta.

A sala era toda envidraçada. Enchiam-na, cobertos de pó, estragados pela umidade e pelo sol, os esboços do escultor.

Nada acabado, nada completo. Aqui um projeto de degladiador, sem cabeça, levantava-se, cheio de manchas de mofo, esticando os músculos atléticos. Adiante, uma cabeça de mulher, anjos de asas quebradas, grupos disformes, misturados com instrumentos de trabalho, ossos humanos, caveiras e manequins. Uma estátua do príncipe, modelada em gesso, estava atirada a um canto, partida pelo meio.

Foi para aí, para essa casa povoada de estátuas, que o escultor levou a filha: e ela também parecia uma estátua tão fria e tão branca como as outras, arrastando-se pelo *atelier,* durante os dois dias que se seguiram ao do malogrado duelo.

Foi debalde que o *Satanás* formou em torno da filha uma atmosfera de cuidados e de carinhos. A vida desaparecia aos poucos, visivelmente, daquele corpo consumido pela febre. E era o que torturava mais o escultor: ver que ela teria de morrer, sem voltar à razão, sem conhecê-lo, sem pela última vez chamá-lo — pai!

No terceiro dia, mais fraca do que nunca, Branca amanheceu ardendo em febre. Tinha a pele abrasada, os olhos vermelhos, o corpo sacudido de calafrios.

— Paulo! Meu Paulo! — gemia de instante a instante...

O *Satanás* torcia as mãos, alucinado, à beira do leito. Ao cair da tarde, a febre baixou: e ela ficou serena, com um longo filete de sangue ao canto da boca, murmurando sempre:

— Paulo! Meu Paulo!

O *Satanás* abriu as janelas: extinguia-se já o fogo do ocaso. A noite crescia sobre o mar. Um dilúvio de cinzas invadiu o céu. Tudo cinzento. Longe, no ponto em que o céu beijava as águas, a primeira estrela erguia a pálpebra de ouro. E uma grande tristeza saía de tudo, velando tudo para os funerais do dia. Ainda uma vez a voz de Branca suspirou dentro:

— Paulo! Meu Paulo!

O *Satanás,* à janela, soluçava, com o rosto escondido nas mãos. Mas, de repente, uma gritaria confusa soou lá fora. Um magote do povo aproximava-se entre aclamações: a alma brasileira andava na rua, exultando e cantando, na aurora da emancipação. E aos ouvidos do escultor chegou distintamente a aclamação popular:

— D. Pedro! D. Pedro! D. Pedro!

— Paulo! Meu Paulo! — gemia a pobre louca na sua agonia.

O *Satanás* foi ajoelhar-se aos pés do leito. Oh! Era demais! Era demais! O outro vencia, aclamado e forte, enquanto ela, a sua filha, morria!

— D. Pedro! D. Pedro! — gritava o povo mais perto.

— Paulo! Meu Paulo! — ouviu-se a voz de Branca, ainda uma vez.

A voz saía-lhe agora difícil e fraca, soluçante, como um gemido, da boca que a hemoptise pintava a carmim, e que na alvura polar da sua face parecia a poética e misteriosa flor das neves da Lapônia.

— D. Pedro! D. Pedro!

Todo o corpo da moribunda estremeceu, inteiriçaram-se-lhe os braços, vidraram-se-lhe os olhos. Um último suspiro lhe saiu da boca:

— Paulo! — e ficou imóvel.

O *Satanás* atirou-se de bruços, com um grande grito de desespero. E o povo passava justamente sob as janelas do *atelier:* e a aclamação troou, violenta e vitoriosa, invadindo a sala:

— D. Pedro! D. Pedro! D. Pedro!

O temperamento do *Satanás* reagiu logo contra a sua grande dor sagrada.

Morta... Que lhe restava fazer? Renunciar a luta, fugir para longe, para muito longe da terra maldita onde sofrera tanto, e ir preparar nas trevas do seu exílio voluntário, a obra sinistra da vingança, fazê-la amadurecer longamente, até que soasse a hora oportuna para fazê-la rebentar aos pés do príncipe... Mas não quis partir sem levar a filha consigo. Não a levaria viva, mas modelada na pedra dura, que, nas suas alucinações ele procuraria aquecer e animar, a custa de beijos e de abraços.

E atirou-se desesperadamente ao trabalho. Todo o seu talento, estragado e consumido pelo ócio e pelas orgias, voltou como por encanto, ao apelo da dor suprema que lhe vergastava a alma. Ao toque dos seus dedos, o gesso dócil se submetia, obedecendo-lhe aos caprichos da inspiração.

Toda a noite e toda a manhã seguinte, o escultor trabalhou sem descanso. O *atelier,* abandonado e poeirento, encheu-se de alegria e de vida. O sopro do trabalho animava tudo aquilo; e quando, de madrugada, o sol entrou vitoriosamente pelas janelas, vindo encontrar o artista embebido na sua obra piedosa, as estátuas pareciam sorrir...

Pouco a pouco, da massa informe do gesso, Branca saía, ressuscitada pelo amor do artista. Cercaram-lhe a fronte as ondas do cabelo, rasgaram-se-lhe os olhos, arqueou-se-lhe a boca dum sorriso inocente, empinou-se-lhe o colo virginal.

E ela aparecia assim aos olhos do escultor e ao coração do pai, tão pura e tão bela, como naqueles tempos felizes em que o alcoviteiro do príncipe ia purificar-se, ao seu lado, no pequeno santuário da rua do Conde...

Quando a estátua ficou pronta, o estatuário ajoelhou-se. Duas lágrimas rolaram pelas suas faces: e ele rezou, talvez pela primeira vez na vida.

Mas, acabada a oração, o *Satanás* transfigurou-se: era outra vez o mesmo espírito forte, o mesmo ousado e diabólico espírito da vingança e do ódio.

Levantou-se, olhou para o mar que se estendia infinito e calmo, ergueu o braço num juramento solene de nunca esquecer e nunca perdoar...

No outro dia, o *Satanás* fazia-se de vela, a bordo de um navio negreiro, para longe das terras do Brasil; e Branca ficava sob a lápide fria de uma sepultura do cemitério do Carmo, transformando a sua carne moça na seiva que mais tarde rebentaria em rosas na terra que ela purificara com a sua rápida passagem.

CAPÍTULO 14

O ESQUELETO

Assim muito aclamado pelas massas populares que lhe iam agradecer a carta de liberdade, d. Pedro desanuviou-se das tristezas que por alguns momentos o ensombraram com o caso de Branca.

De toda essa história tenebrosa que o fizera cruzar armas contra o *Satanás*, não percebia grande coisa. Ficava-lhe apenas na memória o vago delineamento incerto de uma criança que ele supusera amante do escultor e que fora sua por uma noite sombria e treda como nas aventuras daquele tempo. E ficava-lhe principalmente nos quartos baixos do palácio o magro fidalgo das Espanhas que se aproveitava da ferida para prolongar o seu apetite e as suas bravatas.

D. Bias fortunava-se de fato um homem feliz. Servia-se do ferimento como indelével e irrecusável atestado de bravura inscrito no pergaminho da sua pele. E servia-se mais ainda do cozinheiro do Paço a quem estava constantemente pedindo bifes e bifes e outras esquisitas guloseimas.

Gesticulava, gritava e berrava.

Inimigo da solidão, rodeava-se dos criados a quem vivia contando as aventuras complicadas em que se metera. E tanta fertilidade tinha a sua irrequieta imaginação de espanhol, que conseguia sempre forjar mais um caso para o serão de cada noite, e mais um episódio para a conversa de cada dia.

E tantas fez, que em torno dele formou-se uma reputação de espírito e bom humor.

D. Pedro quis vê-lo.

Entrou-lhe no aposento muito sério, com a compostura solene e grave de um imperador que também gosta da troça, mas deseja conservar a sua força moral.

Falou no ferimento, mostrando-se muito sentido com o acontecimento, lamentando-se do ocorrido, mas sem uma alusão ao *Satanás.*

— Ora senhor, ora senhor, isto não foi, não foi nada — explicou d. Bias. — O ferro entrou-me apenas dez polegadas no braço. Uma ninharia!

— Sim. Não foi nada, mas podia ser fatal.

D. Bias respondeu com um forte oscilar desprezível de ombros. Que não se importava. Que já estava acostumado àquelas coisas.

— Em todo caso posso garantir-te que não tinha vontade nenhuma de te matar.

— Ora senhor! Por quem é não falemos mais nisso. Eu até já vou me esquecendo de que fui ferido. A força do hábito, sabe, a força do hábito!

— Com que então tens sido ferido muitas vezes?

— Nem contas há que as possa enumerar.

E narrou:

— De uma, lá nas Espanhas, voltava eu muito sossegado de três duelozinhos pequeninos em que tinha morto os quatro adversários, quando me saiu à frente um piquete de cavalaria comandado pelo irmão dos cinco rapazes que eu acabava de remeter para os infernos.

— E brigaste contra todo o piquete?

— Qual briguei! Qual nada! Matei-os a todos sem exceção de um cavalo.

— Mas então não foste ferido!

— Fui, sim, senhor! Quando nao havia mais adversários contra quem pelejar, caiu uma tempestade e veio um raio com tanta força que...

— Foste queimado?

— Qual queimado! Senhor! Feri-me eu mesmo com a minha espada indo a desviar-me do raio.

— E onde?

— Já não me recordo mais. Mas, caramba! Que aquilo, sim, foi um golpe bem dado e de mão de mestre. Voou um braço para aqui, uma perna para ali e a cabeça não sei para onde.

— Diabo! Pois tu te fizeste assim em pedaços?

— Qual eu! Qual nada! Senhor. Foi o inimigo.

— Mas que inimigo?

— Ah! Eu não sei.

D. Pedro não pôde conter uma gargalhada e saiu.

Saiu, alegre da vida, cantarolando umas cantigas brejeiras. E teve uma ideia. A ideia de fazer uma caçoada com d. Bias, de pregar-lhe um bom susto. Deviam ser interessantes a cara e as falas do aventuroso cavaleiro das Espanhas, quando lhe aparecesse diante de si um fantasma ameaçador e tétrico que contra ele investisse numa encenação apavorante de tragédia. E, nas boas disposições de espírito em que estava, d. Pedro tratou logo de preparar a pilhéria.

Vieram-lhe a princípio dúvidas para escolha entre diversos projetos que se lhe apresentaram à imaginação. Mas, à noite, quando se despedia da cigana, lá no circo do Valongo, resolveu-se, enfim, e pediu ao Vampa que lhe vendesse um esqueleto articulado, que havia a um canto da parede e de que o saltimbanco se servia nas suas mágicas e pantomimas.

Trouxe-o, ruas afora por aquela noite escura, debaixo da capa, como um mistério, bem junto a si, como uma profanação.

E, quando entrou no Paço, antes de cear, foi logo ao quarto de d. Bias.

Segurando o esqueleto pela coluna vertebral, mal envolveu-o na capa, o bastante para esconder-se a si e para permitir que o descendente do soldado de Cid Campeador pudesse ver toda a horrível conformação espectral do fantasma.

D. Bias dormia.

Uns pratos vazios, muito lambidos, e uma garrafa escorropichada atestavam que o valente cavaleiro andante das aventuras contadas acabara de cear; lautamente, mais lautamente do que era permitido supor a quem o visse magro e esgalgado, um esqueleto ele mesmo. Acordou e gritou.

Sobre o peito descansa-lhe a ossadura descarnada da mão do esqueleto. E a olhá-lo, com o grande olhar tenebroso e mau das caveiras, estava um vulto bem junto a si, debruçado sobre o seu leito. Gritou.

Gritou e retorceu-se todo na cama, nu e esquelético, envolto na mortalha alvadia do lençol, fantasma contra fantasma.

D. Pedro ria-se.

E largou o esqueleto que então caiu todo inteiro sobre d. Bias.

Foi, nesse momento, um espetáculo diabolicamente nunca visto e nunca sonhado até então.

Por entre os lençóis e a capa, no belo contraste do preto e branco, debatiam-se os dois. D. Bias a contorcer-se todo, a querer desvencilhar-se desse novo companheiro de dormida, animava-o, fazia-o viver, emprestava-lhe movimento.

— Por *Dios!* — choramingava o espanhol -, por *Dios!* Não me faça nada! Deixe-me em paz, tenha pena de mim!

E fazia-se súplice, e queria erguer-se para ficar de joelhos, para pedir piedade, para comprometer-se a tudo quanto o fantasma quisesse, para tornar-se submisso e escravo, enfim, contanto que o deixasse viver.

E com os movimentos que tentava, o esqueleto movia-se também, recolhia o braço num amplexo que horripilava o outro, intrometia a perna entre as do fidalgo das Espanhas, ligava-se-lhe enfim numa bela conjunção amorosa.

D. Bias soluçava. A voz desaparecia-lhe até.

Foi preciso que o príncipe, já farto do espetáculo, interviesse e separasse os dois.

— Caramba! — fez d. Bias. — Eu tinha medo porque era um esqueleto e não havia contra quem lutar!

E mais calmo depois, achou uma boa compensação no convite para a ceia de d. Pedro que este tinha mandado trazer para o quarto.

Não comia entretanto com toda a sua habitual voracidade. O esqueleto, que ficara sobre o leito, incomodava-o.

Levantou-se, e escondeu-o dentro de um armário.

— Se o esquecem agora, e se o descobrem daqui a cem anos... — lembrou o príncipe.

D. Bias mastigou barulhentamente um grande naco de carne; e depois, olhando muito sério para o armário, disse:

— Caramba! Que boa peça vou eu pregar às gerações futuras!

Vermelho Marinho

Spirit

BRASILIARIS.COM.BR